Herbert Friedmann • Für immer Soap

Herbert Friedmann
wurde 1951 in Groß-Gerau geboren. Schon in seiner Kindheit waren Lesen und Geschichtenerfinden seine liebsten Hobbys. Er arbeitete zunächst als Einzelhandelskaufmann, bevor er sich ganz dem Schreiben widmete. 1983 erhielt er den *Hans-im-Glück-Preis.* Heute lebt er in der Nähe von Darmstadt.

Herbert Friedmann

Für immer Soap

Schneider
Buch

Die Deutsche Bibliothek – CIP-Einheitsaufnahme

Ein Titeldatensatz für diese Publikation ist bei
Der Deutschen Bibliothek erhältlich

Dieses Buch wurde auf umweltfreundlich
hergestelltes Papier gedruckt.

Der Schneider Verlag im Internet:
http://www.schneiderbuch.de

Titelfoto: Image Bank
Umschlaggestaltung: Bayerl-Ost
Herstellung/Satz: Gabi König
Druck: Clausen & Bosse, Leck
Bindung: Conzella Urban Meister, München-Dornach
ISBN 3-505-11730-7

02 03 / 8 7 6 5 4 3 2 1

Voll die Panik!

Lena wickelt sich schweißgebadet aus der Bettdecke, schielt auf den Radiowecker (es ist kurz vor Mitternacht) und hat das Gefühl, nicht richtig zu ticken. Hat sie gerade geträumt oder saß tatsächlich ein neongrün glimmender Gnom auf ihrer Bettkante und erzählte ihr was von Terminen, die sie verschwitzt hat?

Sie knipst die Nachttischlampe an, stürzt hastig zum Schreibtisch, fährt den Computer hoch und klickt sich in den Kalender: Mittwoch, 29. August. Der stinknormale Schulwahnsinn wird angezeigt: Mathe, Deutsch, Sport, Englisch und Bio, sechs Stunden insgesamt. Die Hausaufgaben sind erledigt. Der Rucksack steht griffbereit neben der Tür.

Lena schiebt den Mauspfeil zu den Nachmittagsterminen: Eine Stunde Schwimmen, weil Dr. Jammermann es ihr wegen der Wirbelsäule empfohlen hat. Klavierunterricht und die Theater-AG. Um sicher zu gehen, dass sie keinen Termin ausgelassen hat, schlägt sie den schwarzen Ringkalender auf: Lila auf weiß stehen dort dieselben

Pflichten wie im elektronischen Zeitverwalter. Die doppelte Zeitplanung hat bisher immer geklappt!

Sie gähnt, kriecht wieder unter die Decke, mummelt sich ein, findet keinen Schlaf und zappt sich durch die nächtliche Fernsehwelt. Weil sie ihre Eltern nicht wecken will, stülpt sie die Kopfhörer über die Ohren. Sie schaut einem quirligen Glatzkopf zu, der mit einem Messer in Windeseile Gemüse, Fleisch und sogar Schuhsohlen zerkleinert und dabei nicht müde wird, die Vorzüge der angeblich unzerstörbaren Klinge anzupreisen.

Schwätzer, denkt Lena und wechselt zu einem Musikkanal, wo gerade ein Videoclip über eine ihr völlig unbekannte Band läuft. Ihre Begeisterung hält sich in Grenzen. Das gilt auch für die Talkshow, in der sie dann landet.

„Ich bin faul und habe null Bock auf Arbeit", sagt ein pickliger Junge und grinst breit. Die Zuschauer im Studio buhen ihn aus. Lena mag es nicht länger mit ansehen und drückt hektisch die Fernbedienung: Quizsendungen, Dauerwerbegeplapper, ein Action-Film und ...

„Marvin!", flüstert sie und weiß gar nicht, wohin mit ihrer Freude. Wenn es ginge, würde sie in den Fernseher kriechen und für immer bei der Chaosfamilie Kurz bleiben. Sie hat noch keine einzige Folge ihrer Lieblingssoap verpasst, die täglich um 18 Uhr läuft, außer am Wochenende. *Kurz&Gut* – ein treffender Name für das tägliche Seifenbad: Besser als gut, aber mit fünfundzwanzig Minuten leider viel zu kurz.

Lena würde ihre eigene Familie gerne gegen die Soap-Family tauschen: den gemütlich-knurrigen Vater Max, der eine Tankstelle gepachtet hat. Die mollige und niemals um einen guten Spruch verlegene Mutter Christina, die im Geschäft mithilft, nebenbei Gedichte schreibt und in einer Frauenrockband singt. Die dauerunglücklichverliebte Natalie, die ihre Bücherwelt manchmal mit dem wirklichen Leben verwechselt. Den Autofreak Bastian, der mit seinen dreizehn Jahren Motoren und Getriebe auseinander nehmen und wieder zusammenbauen kann, wenn auch nicht immer in der richtigen Reihenfolge.

Aber der absolute Überflieger der Serie ist Marvin. Lena wirft einen Schmachtblick auf das Poster, das lebensgroß über dem Bett hängt: Ein rothaariger, sommersprossiger Typ strahlt sie mit makellos weißen Zähnen an. Sie weiß alles über den 15-jährigen Jungen: Marvin isst am liebsten Spagetti mit Tomatensoße, Hamburger und Eierpfannkuchen mit Brombeermarmelade. Er mag Obstsäfte aller Art, fährt in seiner Freizeit gerne Fahrrad und mit seinen Inline-Skates. Seine Lieblingsfächer sind Sport und Englisch. Er reist gerne, hat aber Flugangst. Er mag Tiere, ganz besonders seinen schwarzen Scotchterrier Dany.

Lenas Augen werden bleischwer. Sie bleibt noch ein paar Minuten in der Wiederholung vom frühen Abend, dann schaltet sie ab, dreht sich auf den Bauch, flüstert den Namen ihres Schwarms ins Kopfkissen und schläft ein. Ein traumloser Schlaf, der zeitgleich vom Summen des

Weckers und der honigsüßen Stimme ihrer Mutter gestört wird: „Ausgeschlafen, Prinzessin?“

Lena schiebt den Kopf unter der Bettdecke hervor und morgenmuffelt: „Wie oft muss ich es noch sagen: Ich bin keine Prinzessin und will auch niemals eine werden!“

Luise Liebermann geht nicht auf Lena ein. Sie zieht den Rollladen hoch, öffnet Fenster und Balkontür, schaut auf ihre Armbanduhr und sagt beim Hinausgehen: „Prinzessin, du hast genau 20 Minuten Zeit fürs Bad ...“

„Okay“, knurrt Lena und weiß nicht, ob sie nun lachen oder heulen soll über ihre Mom. Bei ihr darf keine Minute des Lebens vertrödelt oder genussvoll verfaulenzt werden.

Lena schlurft auf den Balkon. Alles stört sie: Das Vogelgezwitscher, die Sonne, die zwischen den Bäumen hervorlugt, der bellende Hund in der Nachbarschaft, ein anfahrendes Auto – sogar der ordentlich gemähte Rasen.

Wenn ihr Dad zum Ausgleich wenigstens ein Schlampheini wäre. Aber Leo Liebermann ist leider ebenso planvoll und ordnungsliebend wie ihre Mutter.

Lena seufzt dreimal in den Garten und überlegt, ob sie den Tag nicht einfach knicken soll. Bauch- oder Kopfschmerzen? Wenn sie will, kann sie sehr überzeugend die Leidende spielen. Aber sie will ja gar nicht.

Beim Zähneputzen wird ihr gleich der Beeil-dich-Lena-Marsch geblasen. Sie spült den Mund aus, steigt unter die Dusche und hofft, dass dieser Tag doch noch ihr Freund wird.

„Na endlich!“ Ihre Mutter schaut über die randlose Brille und stürzt an ihr vorbei ins Bad.

Der Vater guckt über den Zeitungsrand und meint: „Wenn du nicht getrödelt hättest, würde ich dich zur Schule fahren. Aber wer zu spät kommt, muss eben den Schulbus nehmen.“

Leo Liebermann faltet lachend die Zeitung zusammen und ist auf einmal sehr in Eile. Er zieht die dunkelblaue Anzugsjacke über, nestelt am Krawattenknoten, schaltet sein Handy ein, schnappt den schwarzen Aktenkoffer und will Lena einen Kuss auf die Stirn drücken. Sie duckt sich.

„Ciao, Prinzessin ...“

„Darf ich dich mal was fragen?“ Lena kaut auf der Unterlippe.

„Alles, meine Prinzessin, aber ich habe in einer Viertelstunde einen wichtigen Termin.“ Leo Liebermann stellt die Tasche zwischen den Beinen ab und guckt erwartungsvoll.

„Du bist doch Versicherungskaufmann?“

„Seit fast zwanzig Jahren. Und?“ Er bückt sich nach dem Aktenkoffer.

„Gibt es eigentlich auch eine Versicherung gegen nervige Eltern?“

Leo Liebermann fällt fast die Kinnlade aus dem Gesicht. Man sieht ihm an, dass er um seine Fassung und nach Worten ringt.

„Ja oder nein?", drängelt Lena und freut sich, dass sie ihren Dad in Verlegenheit gebracht hat.

„Hast du zu heiß geduscht?" Er tippt sich gegen die Stirn. „Und wen meinst du mit nervigen Eltern? Wer hier manchmal nervt, das bist …" Sein Handy fiept. Er meldet sich mit einem missgelaunten „Hallo" und stolziert telefonierend aus der Wohnung.

Lena schüttet Milch über ihr Müsli und verrührt es so lange, bis ihr der Appetit endgültig vergeht. Sie schlägt die Zeitung auf und sucht nach ihrem Tageshoroskop: Der Morgen beginnt mit mieser Stimmung. Am Nachmittag scheint wieder die Sonne. Mit einer Überraschung ist zu rechnen …

„Blablabla", brummt sie und trinkt Milch direkt aus dem Beutel.

Sie blättert zur Radio-Fernseh-Seite und spürt auf einmal ein komisches Ziehen im Bauch: Marvin in schwarzweiß und mit strahlendem Lächeln. Unter dem Foto steht: *Der coole Jungstar aus der Kultserie* Kurz&Gut *ist heute zu Gast beim* StadtRadio XXLCityEar *…*

Herzrasen, Erdbeereisgeschmack im Mund, Kettenkarussell im Bauch, fliegende Untertassen im Kopf und zuckerwatteweiche Knie.

„Hammerhart!", ruft sie, holt tief Luft und liest weiter: *Von 15 bis 16 Uhr könnt ihr mit Marvin chatten … Klickt euch ein unter www.XXLCityEar.de … Anschließend könnt ihr eine Stunde lang mit Marvin telefonieren.*

Lena fetzt den Bericht aus der Zeitung, steckt ihn in die Hosentasche und fühlt sich ertappt.

„Du hast ja noch gar nichts gefrühstückt, Prinzessin." Ihre Mutter steht geschminkt und im mausgrauen Kostüm hinter ihr. „Und in fünf Minuten fährt dein Bus! Mensch, Lena, muss ich dich denn immer an die Zeit erinnern?"

„Bauchweh", jammert Lena. Aber das dazu passende Gesicht will ihr einfach nicht gelingen. Das Vorfreudelächeln gewinnt gegen die vorgetäuschte Leidensmiene.

„Wenn du auch nichts isst", sagt Luise Liebermann. „Werd mir bloß nicht magersüchtig."

„Jaja", meint Lena. „Mom, kannst du mich nicht ausnahmsweise zur Schule fahren?"

Luise Liebermann findet die Idee nicht so gut, guckt mehrmals auf ihre Armbanduhr und willigt schließlich ein. „Aber aus der Ausnahme wird keine Regel", sagt sie.

„Du bist ja soooooooo gut zu mir", antwortet Lena und zwinkert ihr zu. „Ich weiß doch, dass es für dich ein Umweg ist. Deshalb freue ich mich auch wahnsinnig, dass du für deine einzige und herzallerliebste Tochter eine Ausnahme machst."

„Veräppelst du mich gerade?" Luise Liebermann legt die Stirn in Falten.

„Niemals, meine Königin!" Lena steht auf und probiert einen Knicks, der aber nicht ganz gelingt.

„Hast du einen Sockenschuss?"

„Wieso? Wenn ich Prinzessin bin, dann bist du die Königin, ist doch vollkommen logo!“ Lena klatscht vor Vergnügen in die Hände.

„Wir müssen los!“, beendet ihre Mutter den Spaß.

Im Auto kreisen Lenas Gedanken nur um Marvin. Natürlich will sie mit ihm chatten und telefonieren oder noch besser …

„Hast du gehört? Heute in einer Woche …“, brettert die Mutter in Lenas Gedankenwelt.

„Ist wahrscheinlich wieder Mittwoch“, sagt Lena rotzig.

„Meine schlaue Prinzessin“, meint die Mutter.

„Na klar, bei so einer Königin.“ Lena strahlt, als ob sie schon mindestens zwei Zungenküsse von Marvin bekommen hätte. Dabei hat sie keine Ahnung vom Küssen, ahnt nur, dass Züngeln wunderschön sein muss. Natürlich nicht mit jedem Jungen, sondern nur mit einem Traumboy wie Marvin.

„Und dein Geburtstag!“ brüllt Luise Liebermann.

„Ich bin ja nicht schwerhörig“, sagt Lena und hält sich die Ohren zu.

„Ich habe noch gar keinen Plan“, meint die Mutter.

„Könnte ich nicht einmal einen ungeplanten Geburtstag feiern?“, fragt Lena.

Luise Liebermann überholt einen Motorroller, ordnet sich auf der Linksabbiegerspur ein, hupt einen Radfahrer zur Seite und nimmt einem Kleinlaster die Vorfahrt.

„Bei deinem Fahrstil erlebe ich meinen dreizehnten Geburtstag vermutlich nicht mehr", sagt Lena. „Mit oder ohne Plan. Aber wenn ich die nächsten Minuten überleben sollte, wünsche ich mir eine Fete ohne Plan ..."

„Du bist gut. Einen ungeplanten Geburtstag." Luise Liebermann kann es nicht fassen und zählt auf, was alles vorzubereiten ist: Kuchen backen, Getränke besorgen, Abendessen organisieren, Luftschlangen und Lampions aufhängen und ein Programm ausdenken ...

Lena rutscht immer tiefer in den Sitz. Wenn bei Familie Kurz Geburtstag gefeiert wird, dann kommt, wer kommen will: Freunde, Nachbarn, Verwandte. Christina kocht Spagetti. Max spielt Ziehharmonika. Sie essen und trinken und singen und lachen und sind einfach nur lustig, haben völlig ungeplant viel Spaß miteinander und ...

„Hast du meine Frage nicht verstanden?", fragt ihre Mutter.

„Ich kapier eine Menge nicht", bockt Lena.

„Ich habe dich gefragt, ob ich wieder den Clown verpflichten soll. Tino oder so ähnlich hieß er, glaube ich. Der war doch recht lustig ..."

„Es geht", meint Lena. „Clowns, Geburtstag, Kuchen, Luftballons ... das juckt mich alles nicht." Und im superleisen Flüsterton, den ihre Mutter nicht hören kann, fügt sie hinzu: „Heute ist der Tag des Jahres: Marvin-Tag!"

In der nächsten Sekunde fällt ihr ein, dass sie ein kleines Problem hat. Während Marvin im Radiosender ist, steht

Klavierunterricht bei Frau Olewski auf dem Plan und anschließend die Theater-AG.

Endlich erreichen sie die Schule.

„Stopp!“, ruft Lena, als sie auf dem Bürgersteig ihre Freundin Jenny erblickt.

„Wir reden noch über deinen Geburtstag“, sagt die Mutter und tritt auf die Bremse. Beim Abschied erinnert sie Lena noch an ihr Nachmittagsprogramm.

„Ciao, Königin.“ Lena schultert den Rucksack, winkt ihrer abfahrenden Mom, umarmt und küsst Jenny und sagt: „Ich habe ein Problem …“

Voll gut drauf!

Lena hakt sich bei Jenny unter und sprudelt wie ein Zimmerspringbrunnen. Jedes zweite oder mindestens dritte Wort heißt Marvin. Jenny versteht nicht, was ihre Freundin meint. Erst als Lena ihr den Ausschnitt aus der Zeitung zeigt, kriegt auch sie ein sehnsüchtiges Glitzern in den Augen.

„Palimpalim“, sagt sie. Ihr erfundenes Lieblingswort für alles, was aus dem Rahmen fällt oder ein bisschen verrückt klingt.

„Genau, palimpalim“, meint Lena grinsend.

„Weißt du schon, was du ihn fragen willst?“, will Jenny wissen.

Lena muss nicht lange nachdenken, während sie mit Jenny über den Hof der Erich-Kästner-Schule schlendert. Vor allen Dingen möchte sie erfahren, auf welchen Typ Mädchen Marvin steht.

„Weiß ich“, nuschelt sie. „Aber die Sache hat einen Haken.“

„Und der wäre?“, will Jenny wissen.

„Du weißt doch, meine Termine“, seufzt Lena.

Jenny nickt verständig, auch wenn sie mit der Begründung nicht einverstanden ist.

„Palimpalim“, sagt sie.

„Voll die Panne“, meint Lena und versucht ein Lächeln, das zunehmend weinerlich aussieht. Dann fließen wirklich Tränen.

„He“, sagt Jenny und nimmt Lena in die Arme. „Lass doch den blöden Termin einfach sausen!“

Lena zieht ein zerknittertes Papiertaschentuch aus der Hosentasche, schnäuzt sich die Nase und sagt: „Genau das werde ich auch tun!“

„Wenn du willst, können wir ja zusammen bei mir mit Marvin chatten“, schlägt Jenny vor.

Lena gefällt die Idee, nur das schlechte Gewissen nagt noch ein bisschen, denn eins steht fest: Ihre Mutter wird von Frau Olewski erfahren, dass sie den Unterricht geschwänzt hat, und dann ... Ja, was kann eigentlich groß passieren? Geköpft wird sie nicht. Es werden ein paar hammerharte Worte fallen, vielleicht setzt es sogar Hausarrest oder sie kürzen ihr das Taschengeld. Aber für Marvin würde sie jedes Opfer bringen.

Es klingelt zur ersten Stunde. Im Klassenraum gibt es heute nur ein Thema, jedenfalls unter den Mädchen: Marvin! Alle wollen sie mit ihm chatten und telefonieren.

Voll blöd, denkt Lena und rechnet hoch, dass wahrscheinlich mindestens tausend Mädchen in der Stadt denselben Wunsch haben. Die Chancen, überhaupt ein paar Worte mit Marvin wechseln zu können, stehen demnach ziemlich schlecht.

„Auch schon ausgeschlafen, Lena?“ Frau Horn rückt ihre Brille zurecht.

Lena stammelt eine Entschuldigung und guckt fragend zu Jenny, die verlegen mit den Schultern zuckt.

„Dreimal habe ich dich schon aufgerufen!“, behauptet Frau Horn. „Wo bist du nur mit deinen Gedanken?“

Das könnte Lena mühelos beantworten, aber auf Frau Horns Frage, wie eine Funktion am häufigsten beschrieben wird, fällt ihr nichts ein. Funktionsgleichungen gehören nicht zu ihren starken Seiten. Jennys Lippenbewegungen helfen ihr auch nicht aus der Klemme.

„Sorry“, sagt Lena und guckt traurig.

Frau Horn wendet sich kopfschüttelnd an eine andere Schülerin. Lena atmet auf und lässt die Gedanken kreisen, weit entfernt von der Welt der Mathematik, nah bei Marvin, der vermutlich schon in der Stadt eingetroffen ist. Sie wird hippelig und wünscht, sie könnte am Zeitrad drehen. Aber die Stunden dehnen sich wie an einem verregneten Sonntagnachmittag in den Sommerferien. In der großen Pause würde sie am liebsten abhauen und nach Marvin suchen.

Jenny mampft ein Käsebrötchen und sagt mit vollem Mund: „Chatten ist voll daneben, telefonieren auch!“

„Aha. Und warum, wenn ich fragen darf?“ Lena zieht durch ihren Strohhalm den letzten Tropfen Kakao aus der Flasche.

„Woher willst du wissen, ob es wirklich Marvin ist, der am Computer sitzt?“ Jenny wischt einen Krümel von den Lippen und hebt den Kopf.

„Keine Ahnung“, sagt Lena. „Aber am Telefon *kann* es doch nur er sein!“

Jenny zerknüllt die Papiertüte, in der das Brötchen eingepackt war, wirft sie in den Papierkorb und erzählt etwas von einem möglichen Stimmendoppelgänger.

„Palimpalim“, sagt Lena.

„Frag meinen Pa“, entgegnet Jenny und wirkt auf einmal angeberisch. „Mein Pa arbeitet schließlich in der Werbung. Der kennt sich aus.“

Lena mag die Platte nicht hören, denn Jenny gibt gerne mit ihrem Vater an, den sie einmal im Monat besuchen darf, weil ihre Eltern seit zwei Jahren geschieden sind.

„Ein Beispiel …“ Jenny redet jetzt in einem Oberlehrerton, der Lena unangenehm ist.

„Ich höre …“, schnauft sie.

„Also … Für Werbung werden Typen ausgesucht, die berühmten Leuten sehr ähnlich sehen. Es wirbt dann einer, der aussieht wie Michael Jackson, im Fernsehen für Edamer Käse. Und alle Michael-Jackson-Fans kaufen anschließend den Käse, weil sie glauben, es wäre Michael Jacksons Lieblingskäse …“

„Aha. Und was ist daran so schlimm?"

„Nichts!" Jenny zieht einen Schokoriegel aus der Tasche, reißt das Papier auf und beißt ein Stück ab.

„Und du meinst, Marvin ist womöglich nachher gar nicht Marvin?", hakt Lena nach.

„Könnte jedenfalls sein", meint Jenny und hat einen Vorschlag, der Lenas Herz noch höher schlagen lässt.

Nach der sechsten Stunde flitzen beide zum Schulbus und freuen sich noch immer über Jennys Einfall. Manchmal tauschen sie Verschwörerblicke aus.

„Um 15 Uhr treffen wir uns bei mir", sagt Jenny beim Aussteigen.

Lena streckt den rechten Daumen in die Luft und hüpft im Kängurustil über den Bürgersteig. Und weil ihr gerade danach ist, stoppt sie vor der Eisdiele *Dolomiti* und gönnt sich zwei Kugeln Schokoladeneis. Sie setzt sich an einen der Tische, blinzelt in die Sonne und schleckt langsam und genüsslich. Sie horcht in sich hinein. Nichts! Kein Schlechtes-Gewissen-Nagen, nur Lebensfreude pur.

Zu Hause wird sie von ihrer griesgrämig dreinblickenden Mutter empfangen, die am gedeckten Küchentisch vor einem dampfenden Topf sitzt.

„Da macht man sich die Mühe, damit du nach der Schule eine warme Mahlzeit bekommst", sagt Luise Liebermann. „Und du bist schon seit 19 Minuten überfällig."

„Tut mir Leid", murmelt Lena, aber es tut ihr nicht wirklich Leid. Hunger hat sie auch keinen. Höflichkeitshalber löffelt sie einen halben Teller Hühnersuppe und hört sich nebenbei an, was ihre Mutter für den Geburtstag geplant hat. Der Clown ist gestrichen, stattdessen möchte sie einen Zauberer bestellen. Lena stöhnt leise.

„Na gut“, sagt Luise Liebermann. „Ich habe eine Idee, die dir hoffentlich gefällt. Meine Prinzessin wird ja schon dreizehn, da passt vielleicht eine Disko …“

„Vielleicht“, sagt Lena. Oder hätte sie besser palimpalim sagen sollen?

„Ich organisiere das Ganze“, sagt Luise Liebermann mit eifriger Stimme und greift energisch nach dem Notizblock auf der Ablage neben der Spüle. „Um die Einladungen müsstest du dich natürlich selbst kümmern. Am besten heute noch …“

Lena schiebt den Teller von sich, schielt zur Bahnhofsuhr an der Wand und sieht mit Erleichterung, dass die Mittagspause ihrer Mom fast vorbei ist und sie zurück in ihre Buchhandlung fahren muss.

„Sag mal, Prinzessin, was dürfen wir dir denn eigentlich zum Geburtstag schenken? Vielleicht ein Handy? Sicher haben in deiner Klasse alle schon ein Handy. Oder brauchst du Zubehör für deinen Computer? Was auch immer …“

„Ich wünsche mir einen Hund“, sagt Lena monoton und schaut auf den Fußboden. Sie weiß ja, dass ihre Mutter eine Hundehasserin ist.

Nach der ersten Schrecksekunde bekommt sie die üblichen Gründe aufgetischt, die gegen einen Hund sprechen: verliert Haare, muss ausgeführt werden, braucht Zuwendung, verärgert durch sein Bellen unter Umständen die Nachbarn, beschädigt vielleicht die Möbel, kann nicht mit in den Urlaub genommen werden …

„Einen schwarzen Scotchterrier“, sagt Lena. „Wenn ihr mir keinen Hund schenkt, will ich auch nicht feiern!“

„Das nennt man Erpressung.“ Luise Liebermann spielt die Empörte. „Aber bitte, dann fällt dein Geburtstag in diesem Jahr eben aus. Ein Hund kommt mir jedenfalls nicht ins Haus!“ Sie stellt die Teller und den Topf in die Spüle, schnappt ihre Handtasche, erinnert Lena an die Termine und flattert davon. Kurz vor der Haustür macht sie noch einmal kehrt und legt einen Geldschein auf den Tisch: „Für Frau Olewski. Und vergiss nicht, dir eine Quittung geben zu lassen … Ciao, Prinzessin.“

„Tschüss, Königin!“

Voll die Pleite! Lena stützt den Kopf in beide Hände und denkt nach, wie sie aus der Falle rauskommt. Sie greift zum Telefon, weil sie hofft, Jenny hätte vielleicht die rettende Idee. Dann findet sie es besser, selbst zu entscheiden. Wenn schon, denn schon. Schwimmen fällt heute ebenfalls aus.

Sie steckt das Geld ein und geht zu Frau Olewski, die zwei Querstraßen weiter wohnt. Die ausgesprochen nette Klavierlehrerin, die die 70 schon überschritten hat, schimpft nie, wenn Lena sich verspielt. Und das passiert ihr öfter, als ihr lieb ist.

„Ein Genie bist du wahrhaftig nicht", sagt Frau Olewski in so einem Fall. „Aber für den Hausgebrauch wird es später einmal reichen."

Nur wegen Frau Olewski hat Lena bisher durchgehalten, denn eigentlich hasst sie das Geklimper auf den schwarzen und weißen Tasten. Ihre Mutter, die selbst kein Instrument spielt und auch nicht singen kann, meint, Klavier spielen erziehe zu Selbstbeherrschung. Ja, ja, ja, und der Mond geht genauso unter wie die Sonne ... Lena kichert und drückt auf den Klingelknopf.

„Geht meine Uhr nach?" Frau Olewski bittet Lena herein, führt sie ins Wohnzimmer, deutet auf den Ohrensessel und fragt, ob sie Durst habe. Lena verneint und bleibt stehen.

„Also ..." Lena überreicht der Klavierlehrerin das Geld. „Ich kann heute nicht kommen."

„Verstehe", sagt Frau Olewski. „Aber fürs Nichtkommen habe ich noch nie Geld verlangt."

„Also ..." Lena faltet die Hände über dem Bauch. „Ich bräuchte aber eine Quittung, weil ... weil meine Mom sie braucht. Also ... ich habe nämlich einen megawichtigen Termin. Aber meine Mom ..."

„Sie darf davon nichts wissen", vollendet die Klavierlehrerin den Satz. „Darf ich dein Geheimnis erfahren?"

Lena nickt und erzählt von Marvin.

„Verstehe.“ Frau Olewski setzt sich auf das braune Ledersofa und starrt die vergilbte Decke an.

„Sind Sie okay?“, fragt Lena und runzelt die Stirn. Sie fürchtet, dass sie der Klavierlehrerin einen mittelschweren Schock versetzt hat.

Frau Olewski winkt ab und seufzt: „Als Backfisch – so nannte man zu meiner Zeit die Teenager – schwärmte ich auch für einen jungen Mann. Er war Schauspieler hier am Stadttheater. Ich habe keine einzige Vorstellung versäumt ...“

Plötzlich bekommt Frau Olewski rosige Wangen, was sie mindestens um fünf Jahre jünger aussehen lässt. „Das ist lange her“, sagt sie mehr zu sich selbst. Mit einem Ruck steht sie auf, läuft zum Schrank, holt den Quittungsblock hervor, unterschreibt und gibt Lena den Zettel mit den Worten: „Jetzt verbindet uns ein Geheimnis. Es ist sehr schön, mit einem anderen Menschen ein Geheimnis zu teilen ...“

Lena kann gar nicht anders: Sie wirft sich Frau Olewski an den Hals und küsst sie auf den Mund.

Zu Hause steht sie ratlos vor dem Kleiderschrank, in dem viele schicke Klamotten hängen, markenmäßig teuer, aber irgendwie auch langweilig. Für den besonderen Anlass müsste es etwas Ausgeflipptes sein, bunt und schrill. Aber da kann sie in ihrem Schrank lange suchen. Sie entscheidet sich für eine schwarze Jeans und ein gelbes T-Shirt. Dann leiht sie sich Moms azurblauen Nagellack und den korallenroten Lippenstift aus und bringt ein bisschen Farbe auf ihre Fingernägel und in ihr Gesicht, damit vielleicht auch ihr Leben farbiger wird. Korallenrot erinnert sie auf dem Spiegel an ihren Geburtstagswunsch: ICH WÜNSCH MIR EINEN HUND!

„Palimpalim und voll gut", sagt Jenny, die sich auch nicht verstecken muss: dunkelblaue Jeans mit weitem Schlag, ein eidottergelbes Oberteil, unlackierte Fingernägel, dafür Lidschatten und kirschrote Lippen.

„Sollten wir nicht doch lieber chatten?" Lenas schlechtes Gewissen rührt sich wieder. „Und vielleicht klappt es ja auch gar nicht."

„Wo ein Wollen ist …", sagt Jenny grinsend. „Und ich habe viel Wolle. Verlass dich nur auf mich, Marvin entgeht uns nicht!"

Voll der Stress!

Lena und Jenny hetzen zur Bushaltestelle und erwischen in letzter Sekunde den Bus.

„Guck mal!“ Jenny hebt den Kopf und versetzt Lena einen Rippenstupser, der sie aus dem Gleichgewicht bringt.

Sie stolpert entgegen der Fahrtrichtung und landet nach vier, fünf Stolperschritten in den Armen des Jungen, auf den Jenny sie aufmerksam machen wollte. Obwohl er mindestens einen Kopf größer ist als Lena, kann er sie nicht halten. Lena bringt ihn zu Fall und die anderen Fahrgäste zum Lachen. Sie errötet und murmelt eine Entschuldigung.

„Manno“, sagt der Junge.

Der Bus hält an der nächsten Haltestelle. Jenny hilft Lena auf die Beine und meint: „Echt ein umwerfendes Erlebnis …“

„Blöde Kuh“, zischt Lena und hält sich mit beiden Händen an einem Haltegriff fest.

Auch der Junge steht wieder mit beiden Beinen im Leben und guckt sehr grimmig. Lena mustert ihn von der

Seite und kapiert, was Jenny gemeint hat. Alles passt: Sommersprossen, Stupsnase, leicht abstehende Ohren, ein süßer Kussmund. Nur die Haarfarbe stimmt nicht, blond statt rot. Aber das könnte Tarnung sein, damit Marvin nicht von jedem Blödmann erkannt und angequatscht wird. Und nun? Soll sie ihm ins Gesicht sagen, dass sie ihn erkannt hat? Sie schwitzt, hört ihr Herz schlagen, schlägt den Kaugummi aus, den Jenny ihr anbietet und hofft auf eine zündende Idee.

Jenny kommt ihr zuvor. „Hast du schon gehört, dass Marvin sich die Haare blond gefärbt hat?“, fragt sie überlaut und starrt den Jungen an.

Der hält dem Blick nicht stand und schließt für einen Augenblick die Augen.

Jenny redet ihn direkt an: „Weißt du, mit wem du eine unheimliche Ähnlichkeit hast?“

„Hä?“ Der Junge schaut sie entgeistert an.

Lena bringt nur einen Verlegenheitskickser hervor und dreht Jenny und dem Jungen den Rücken zu. Sie findet Jennys Anmache voll peinlich. Leider meldet sich auch das dumme Gewissen wieder zu Wort und redet ihr ein, die Aktion abzublasen und umzukehren.

„Kennst du die Serie *Kurz&Gut*?“, fragt Jenny.

Der Junge nickt.

„Siehst du“, sagt Jenny.

Der Junge weiß nicht, was er sehen soll. Also hilft Jenny ihm auf die Sprünge.

„Ach so“, sagt er. Sein breites Lachen zeigt eine Zahnspange und dass er sich gebauchpinselt fühlt. „Habe ich schon oft gehört, dass ich dem Marvin ziemlich ähnlich sehe“, behauptet er auf einmal.

„Du heißt aber nicht zufällig Marvin?“, will Jenny wissen.

„Nein, Jonas.“

Lena wundert sich über Jennys forsche Neugier. Sonst ist sie eher maulfaul, wenn ein Junge in der Nähe ist.

„Wir müssen gleich aussteigen“, sagt Lena und läuft vor zur Tür. Jenny und Jonas folgen ihr. Scheint so, dass dieser Marvin-Verschnitt sich nun an sie hängt. Er scheint ein echtes Plappermaul zu sein. Ohne Punkt und Komma zählt er auf, was er so alles mag: Hunde, Katzen, Fußball, Musik, Lesen, Computerspiele und …

„Wollen wir hier übernachten?“ Lena platzt gleich vor Wut, wenn sie noch länger mit ansehen muss, wie Jenny diesen Jonas anhimmelt.

„Wir haben doch Zeit“, meint Jenny.

„Es war deine Idee“, mosert Lena.

„Welche Idee?“, hakt Jonas nach.

„Ach, nichts“, sagt Lena und winkt ab.

„Weißt du denn nicht, dass Marvin in der Stadt ist?“, plappert Jenny.

„Weiß ich“, grinst Jonas. „Ich weiß sogar …“

„Schlaukopf“, brummt Lena und beschließt, allein zur Radiostation zu laufen.

„Palimpalim“, ruft Jenny und trippelt hinterher.

Auch Jonas lässt sich nicht abhängen. Er ist bald auf gleicher Höhe, drängelt sich zwischen Lena und Jenny und überrascht mit einem hammerharten Angeberspruch: „Ich weiß sogar, in welchem Hotel Marvin wohnt, und nachher …“

„Echt¿“ Jenny ist kurz davor, vollkommen auszuflippen.

Lena hat nun endgültig die Faxen dicke und legt einen Zahn zu. Diesem Möchtegern-wie-Marvin-sein-Typ glaubt sie sowieso kein Wort. Und Jenny kann ihr ebenfalls gestohlen bleiben, wenn sie auf diesen Schleimer reinfällt. Im Sturmschritt überquert sie die Straße, übersieht einen Radfahrer, der ihr ein paar unfreundliche Worte mit auf den Weg gibt und wird wieder von Jenny und Jonas eingeholt.

„Das ist total palimpalim“, sagt Jenny. „Du wirst es nicht glauben, aber Jonas …“

„Du nervst“, blafft Lena dazwischen.

Jenny bleibt gelassen und erzählt eine kleine Geschichte: Jonas Azemoun, vor viereinhalb Wochen 14 Jahre alt geworden, ist der Sohn von Marjam Azemoun, und die arbeitet beim *StadtRadio XXLCityEar* als Chefredakteurin und …

Den Rest der Geschichte kann Lena sich selbst ausdenken, vorausgesetzt, Jonas hat nicht gelogen.

„Heute ist unser Glückstag“, meint Jenny.

Lena schweigt, aber auf ihrer Stirn glitzern feine Glücksperlen, und weil ihr danach ist, drückt sie Jenny ein korallenrotes Küsschen auf die Wange.

„Und ich?“ Jonas hält ihr seine linke Wange hin, die aber ungeküsst bleibt.

Vor dem siebengeschossigen Gebäude des Senders stoßen sie auf einen Menschauflauf, genauer gesagt auf eine Ansammlung von kreischenden Mädchen. Viele haben Schilder gemalt: *I LOVE MARVIN* …

„Palimpalim“, sagt Jenny und setzt ihre Ellbogen ein. Sie bahnt sich eine Gasse durch die Marvin-Fans. Lena und Jonas wischen hinterher. Ein Absperrgitter bremst ihren Tatendrang aus. Eine junge Polizistin mustert sie mit traurigen, graugrünen Augen.

Jonas schiebt Jenny zur Seite und sagt: „Wir dürfen hier rein. Meine Mutter arbeitet beim Sender und …“

„Ja, Kleiner, die Story habe ich nun schon mindestens neunmal gehört … Und tschüss“, sagt die Polizistin.

„Es ist aber wahr!“, sagt Jonas.

Die Polizistin wendet sich einem Kollegen zu und redet mit ihm übers Wetter.

Jonas zieht sein Handy aus der Seitentasche seiner Hose. Sekunden später spricht er mit seiner Mutter und schildert ihr die Lage. Grinsend steckt er das Handy wieder weg. „Sie kommt gleich“, sagt er.

„Hoffentlich“, meint Lena, denn es ist nicht besonders gemütlich, so nah am Gitter in dem Gedränge zu stehen.

Aus dem „kommt gleich“ werden lange, schweißtreibende Minuten. Lena wird schon schwindelig, sie sieht schwarze Pünktchen vor den Augen tanzen und fürchtet, im nächsten Augenblick in Ohnmacht zu fallen.

„Hi Mama …“ Jonas winkt einer dunkelhaarigen Frau in einem roten Kostüm.

„Hier ist ja die Hölle los“, sagt Frau Azemoun und hält einen Meter Abstand von der Absperrung. Sie redet mit einem Polizisten, der nur den Kopf schüttelt. Nach einem kurzen Wortwechsel verschwindet Frau Azemoun in dem Gebäude. Plötzlich bimmelt Jonas' Handy.

„Okay“, sagt er nur und nimmt Jennys Hand. „Wir müssen außen rum.“

Sie schlängeln sich an dem Gitter entlang. Lena bleibt ihnen dicht auf den Fersen. Plötzlich greifen zwei Mädchenhände nach Jonas und reißen ihn fast zu Boden.

„Marvin, Marvin … ich habe ihn, ich habe ihn!“, jault ein auffallend dünnes Mädchen. Sofort stürzen sich noch drei ausgeflippte Girls auf Jonas. Er fällt hin und wird unter der Last der Fans begraben. Lena und Jenny greifen beherzt ein, ziehen an Haaren und Ohren und kneifen in Arme und Beine. Schließlich gelingt es ihnen, Jonas aus den Klauen der Verehrerinnen zu befreien, und sie stürmen davon wie wild gewordene Nashörner.

Als sie endlich die Fans hinter sich gelassen haben, erklärt Jonas, was Sache ist. Die Polizei habe aus Sicherheitsgründen abgelehnt, die Umzäunung zu öffnen.

„Die haben nämlich Schiss, dass dann alle ausflippen und reinwollen“, sagt Jonas. „Und ihr habt ja gesehn, wozu die fähig sind …“ Er schaut bekümmert an sich herunter: Ein Winkelriss im rechten Hosenbein, ein faustgroßes Loch im T-Shirt.

„Palimpalim“, meint Lena mit trauriger Miene. Und dafür hat sie den Klavierunterricht geschwänzt. „Das heißt also, wir müssen draußen bleiben?“

„Kein Problem“, behauptet Jonas. „Meine Mama erwartet uns in der Tiefgarage …“

Jenny belohnt ihn mit einem Küsschen. Als er eine Zugabe fordert, kriegt er eine leichte Kopfnuss.

Über eine schmale Zufahrt führt der Weg auf der Hinterseite in die Garage, wo es mächtig nach Abgasen stinkt. Jenny hält sich die Nase zu, Lena die Luft an. Außerdem wimmelt es von Sicherheitsbeamten, die ihnen den Weg versperren. Endlich taucht Marjam Azemoun auf und führt sie über mehrere Treppen in den Sender.

Lena kann die Spannung kaum noch aushalten. In wenigen Augenblicken wird sie ihrem Schwarm gegenüberstehen, ihn ausfragen können, vielleicht sogar berühren dürfen. Wie er wohl in Wirklichkeit aussieht? Ob er so nett ist wie in der Serie? Und wie wird er sie finden, doof oder …?

„Träumst du?“ Jenny holt Lena in die Wirklichkeit zurück: Ein fensterloser Raum, neonhell und spärlich eingerichtet, sechs Stühle, ein Tisch. Auf dem steht immerhin etwas zu trinken. Jonas nuckelt an einer Colaflasche. Jenny entscheidet sich für O-Saft, Lena für Mineralwasser.

„Wir sollen hier warten", sagt Jenny.

„Aha. Und auf was?" Lena verschluckt sich und bekommt einen Hustenanfall.

„Auf bessere Zeiten", witzelt Jonas und streckt den Kopf aus der Tür. „Äh ... sie kommen." Er schließt die Tür vorsichtig von innen und setzt sich dann brav auf einen Stuhl.

„Mir wird schlecht", flüstert Lena.

Jenny räuspert sich ein paarmal und greift zur zweiten Flasche Saft. Dann geht die Tür auf. Jonas' Mutter folgt ein rothaariger Mann mit einem Pferdegebiss. Er trägt schwarze Jeans, eine schwarze Lederweste, ein schwarzweißes Marvin-T-Shirt, darunter einen Bierbauch und könnte glatt als Westernheld durchgehen. Entweder ist Marvin in kürzester Zeit um Jahrzehnte gealtert oder ...

„Darf ich vorstellen", sagt Frau Azemoun. „Das ist Marvins Vater Klaus."

„Nein", entfährt es Lena. Aber gleich fällt ihr ein, dass Marvins richtiger Vater ja ein anderer ist als der in der Serie.

„Was nein?", fragt Marjam Azemoun.

„Sorry", nuschelt Lena.

„Marvins Vater ist zugleich auch sein Manager", erklärt die Redakteurin. „Wir haben eine Idee ..."

Die Tür wird aufgestoßen und ein bleichgesichtiger

junger Mann mit Fotoapparat und Notizblock stürmt ins Zimmer, entschuldigt sich für die Verspätung und wirft einen sehnsüchtigen Blick auf die Getränke. Dann aber unterdrückt er seine Gier und stellt sich vor: Harry Pöpper, Journalist beim *Tagesecho*, verantwortlich unter anderem für die Seite *Zeitung & Schule*.

„Die Seite kennt ihr sicher“, sagt er und wirkt nach dem allgemeinen Kopfschütteln leicht angesäuert. „Wozu mache ich mir eigentlich die Mühe, wenn die Seite anscheinend nicht gelesen wird?“

„Zur Sache“, sagt Frau Azemoun und zupft am Kragen ihrer Bluse. „Herr Pöpper und ich haben eine Idee. Ihr sollt nachher Marvin ein paar Fragen stellen. Das Interview wird dann in der Zeitung gedruckt. Marvins Vater ist einverstanden. Und wenn ihr auch ...“

„Was sollen wir denn fragen?“, quatscht Jenny dazwischen.

„Was euch so einfällt“, sagt Marjam Azemoun.

„Es gibt keine dummen Fragen, nur dumme Antworten“, sagt Harry Pöpper und fängt sich einen ärgerlichen Kommentar von Marvins Vater ein. Sein Sohn habe noch nie dumme Antworten gegeben.

Lena schwitzt und friert abwechselnd. Vorhin schwirrten ihr tausend Fragen durch den Kopf. Nun fühlt sie sich leer wie ein dreimal ausgeschleckter Eisbecher.

„Dürfen wir zusehen, wenn Marvin chattet?“, fragt Jonas.

Seine Mutter antwortet mit einem Nein, das keine Diskussion zulässt.

„Ihr könnt euch ja in der Zwischenzeit Fragen ausdenken“, sagt sie.

„Was ist denn schon dabei?“, nölt Jonas.

„Wir werden sehen“, sagt seine Mutter.

„Müssen wir Marvins Antworten aufschreiben?“, will Lena wissen.

„Eine gute Frage“, findet Frau Azemoun und verspricht, ein Aufnahmegerät zu besorgen. Dann zeigt sie ihnen die Kantine.

Sie dürfen auf Kosten des Senders essen und trinken, was sie möchten. Jenny klatscht vor Begeisterung in die Hände. Lenas Freude hält sich in Grenzen. Nach dem Chatten folgt ja auch noch die Telefonaktion. Marvin steht also frühestens um 18 Uhr für das Gespräch zur Verfügung. So gesehen hätte sie Zeit gehabt für den Klavierunterricht und für die Theater-AG. Ihre Hausaufgaben sind auch noch nicht erledigt. Die Folge von *Kurz&Gut* würde sie verpassen, aber das kann sie verkraften. Sie weiß ja nun, dass nachts die Wiederholung läuft. Und den Stress, den sie mit ihren Eltern haben wird, muss sie halt ebenfalls wegstecken.

„Wir üben mal“, sagt Jenny, nachdem sie ein Wiener Würstchen gegessen hat. „Seit wann bist du in Marvin verknallt? Weiß er, dass du in ihn verknallt bist? Wird es einen lauten Knall geben, wenn ihr euch in die Augen seht? Kann man behaupten, Lena und Marvin sind das Knallpaar des Jahres?"

„Cool", sagt Jonas.

„Du bist voll doof", raunzt Lena. Beim Aufstehen kippt der Stuhl um. Mit einem Ihr-könnt-mich-mal-gern-haben-Gesicht stolziert sie aus der Kantine.

Voll die miese Laune!

Lena tigert durch die Gänge des Senders, wird von niemandem beachtet und achtet auf niemanden. Viele Hätte-Gedanken quälen sie. Vor allen Dingen hätte sie Jenny nicht einweihen sollen. Aber ohne Jenny wäre sie Marvin niemals so nahe gekommen. Nahe ist maßlos übertrieben. Bis jetzt hat sie nur seinen Vater kennen gelernt, und der hat keinen bleibenden Eindruck bei ihr hinterlassen.

Sie beschließt, das Interview mit Marvin sausen zu lassen, läuft zum Aufzug, drückt auf den Abwärtspfeil und wartet, bis die Tür sich öffnet. Ein Stockwerk tiefer hält der Fahrstuhl noch einmal und … Voll das Glück! Oder das Pech …

Was sich wahrscheinlich Millionen von Mädchen in ihrem Alter erträumen, ist gerade eingetreten. Eingetreten im wahrsten Sinn des Wortes: ER …!

„Hi“, sagt Marvin. „Willst du auch nach unten?“

„Ja, ich …“, antwortet Lena mit einer Frosch-im-Hals-Stimme. Sie senkt den Blick, verschränkt die Arme, ringt nach Luft und nach Worten. Niemand wird ihr glauben, dass sie mit Marvin im Fahrstuhl gefahren ist und …

„Scheiße!“ Marvin glotzt, als hätte gerade der Blitz neben ihm eingeschlagen.

„Alles okay?“, fragt Lena.

„Wir stecken fest“, sagt Marvin.

„Echt?“ Lena guckt die Decke an, als ob von da oben etwas zu erwarten wäre.

„Scheiße.“ Marvin wiederholt das Wort noch dreimal, weil ihm offenbar kein anderes einfällt. Der Junge schwitzt. Stecknadelkopfgroße Schweißperlen glitzern auf seiner Stirn.

„Hast du Angst?“, fragt Lena.

Marvin nickt und drückt lange auf den Alarmknopf, aber nichts geschieht.

„Hast du ein Handy dabei?“, wendet er sich an Lena, die leider passen muss. Gleich verwandeln sich seine Sommersprossen in rote Angsthasenflecken. Wie besessen bearbeitet er erst den Alarmknopf, dann alle anderen Knöpfe. Lena fühlt sich auch nicht besonders wohl im Fahrstuhl und in ihrer Haut. Sie versucht erst gar keine Panik aufkommen zu lassen. Früher oder später wird man sie entdecken und befreien. Aber ob Marvin so lange durchhalten wird? Er hämmert gegen die Tür, schreit um Hilfe, verfällt in Schweigen, brüllt noch lauter und bekommt einen Heulkrampf.

„Ich habe Durst“, sagt er und zieht die Nase hoch.

„Ich auch“, antwortet Lena. Dann nimmt sie ihn einfach in den Arm und zieht ihn auf den Boden. Er legt seinen Kopf auf ihre Schulter und weint, während sie ihm den Nacken krault. Als er sich einigermaßen beruhigt hat, erfindet sie eine Geschichte.

„Ich war schon einmal eingeschlossen in einem Aufzug“, beginnt sie und wartet die Wirkung ihrer Worte ab. Er kuschelt sich eng an sie.

„Und?“, fragt er leise.

„Letztes Jahr in den Sommerferien, in einem Hotel in Spanien. Es hat es nur eine halbe Stunde gedauert, bis sie mich befreit haben“, fährt sie fort.

„Warst du allein?“, will er wissen.

„Ja, so allein, wie man nur allein sein kann. Zum Glück sind wir ja nicht allein.“

„Und?“

„Nichts und.“

„Ich meine, wie hast du die Zeit verbracht?“

„Ich habe mir fast in die Hosen gemacht vor Angst …“

Das hätte sie besser nicht sagen sollen, denn er springt plötzlich auf, hüpft von einem Bein auf das andere, verzieht das Gesicht, krümmt sich leicht und meint, er müsse mal ganz, ganz dringend …

„Das bildest du dir nur ein“, entgegnet Lena. „Aber bitte, wenn es wirklich sein muss, dann stell dich in eine Ecke. Ich habe kein Problem damit.“

„Geht schon“, sagt er und presst die Lippen aufeinander.

„Die suchen sicher nach dir“, sagt Lena. „Du musst doch gleich chatten. Machst du so etwas öfter?“

„Ich chatte nicht so gerne“, antwortet Marvin. „Ich kann nämlich nicht so gut tippen. Hier beim Radio sitzt eine Dame, die tippt alles, was ich antworte.“ Seine Gesichtszüge entspannen sich wieder. Er nimmt neben Lena Platz, rückt nah an sie heran.

Sie genießt die Nähe und kann sich vorstellen noch Stunden neben ihm zu sitzen.

„Ein Tipp-Double“, sagt Lena und kichert.

Er versteht nicht, was sie meint. Sie verkneift sich eine Erklärung und tastet nach seiner Hand, die er nicht zurückzieht. Und wenn sie ihn nun einfach auf den Mund küssen würde? Sie schielt zu ihm rüber. In seinem angstweißen Sommersprossengesicht sind die roten Flecken fast verschwunden. Er hat die Augen geschlossen, eine gute Gelegenheit für einen Überraschungskuss. Warum kommt *er* nicht auf die Idee? Findet er sie hässlich? Oder hat er eine Freundin? Dann kann es nur eine heimliche sein, denn gelesen und gehört hat Lena nichts davon.

„Du bist sehr nett …“

Lena hebt den Kopf. Hat er etwa sie gemeint? Oder führt er Selbstgespräche?

„Du auch“, sagt sie und schmiegt sich enger an ihn. Jetzt wäre eine prima Kussgelegenheit, Schulter an Schulter und fast Kopf an Kopf und …

„Hey, wir fahren wieder!“ Mit einem Satz ist Marvin

auf den Beinen, dreht sich einmal im Kreis und zieht Lena hoch. Sie tanzen ausgelassen. Plötzlich hält er inne und flüstert: „Du verrätst aber nicht, dass ich Schiss hatte …"

„Versprochen", sagt Lena.

Die Tür geht auf. Frau Azemoun, Jenny, Jonas, Harry Pöpper, Marvins Vater, ein Mann in einem blauen Overall und noch drei unbekannte Gesichter empfangen die Eingeschlossenen. Harry Pöpper steht in der ersten Reihe und knipst ein Bild nach dem anderen.

Jenny umarmt Lena. Marvin wird von seinem Vater gedrückt. Harry Pöpper betätigt den Auslöser.

„Die Fotos werden natürlich nicht veröffentlicht", sagt Marvins Vater und löst damit bei dem Fotografen heftigen Widerspruch aus. Der pocht auf seine Pressefreiheit.

„Dann gibt es auch kein Interview mit meinem Sohn", sagt Marvins Vater.

Dagegen kann Harry Pöpper nicht anstinken. Frau Azemoun drängt zum Aufbruch.

„Ich muss mal", sagt Marvin und zwinkert Lena zu.

Wenige Minuten später sitzen sie in dem Raum, in dem Marvin mit seinen Fans chatten soll. Die Liste von Fragen ist lang: dreimal Lieblingseis, zweimal Lieblingswurst, fünfmal Lieblingsfilm, siebenmal Lieblingssänger, viermal Lieblingsschauspieler, einmal Lieblingsschokolade, zweiundvierzigmal Lieblingsmädchentyp … Eine junge Frau tippt fingerflink Marvins Antworten, die unterschiedlich ausfallen, in den PC. Sein Musikgeschmack reicht von

Techno bis zu Schlagermusik. Der Mädchentyp darf mal bleistiftdünn, mal mollig sein, mal hellblond, mal dunkelgrün, dann wieder schwarz oder rothaarig.

„Sehr vielseitig, der Junge“, stöhnt Jenny.

Ab und zu wirft Marvin einen Blick zu Lena hinüber, die still in einer Ecke sitzt und bedauert, dass sie ihn nicht geküsst hat. Jonas und Jenny stupsen sich dauernd an und lachen scheinbar grundlos. Frau Azemoun verzieht manchmal das Gesicht. Harry Pöpper darf nun ungehindert fotografieren.

Nach der Chatrunde braucht Marvin etwas zu trinken und zu essen. Dafür hat er fünfzehn Minuten Zeit. Sein Vater begleitet ihn in die Kantine. Jenny, Jonas und Lena gehen zurück in das fensterlose Zimmer, wo inzwischen ein Tonbandgerät auf dem Tisch steht.

„Gut, dass ich nicht berühmt bin“, sagt Jenny. „So ein stressiges Leben würde mir nicht gefallen. Wie war's denn eigentlich mit ihm im Fahrstuhl?“

„Wie soll es gewesen sein?“, antwortet Lena mit einer Gegenfrage und errötet ein bisschen.

„Verstehe“, sagt Jenny.

„Habt ihr geknutscht?“, will Jonas wissen.

„Palimpalim“, sagt Lena. „Wir sollten uns ein paar Fragen ausdenken.“

Jonas hantiert am Aufnahmegerät und hält Lena das Mikrofon unter die Nase: „Was ist dein Lieblingsjungentyp?“

„Blödmann!“

„Aha, du magst also Jungs, besonders blöde oder blöde Jungs, besonders?“

„Du kannst ja richtig lustig sein“, mault Lena und drückt auf die Stopptaste.

Harry Pöpper platzt herein, testet das Tonbandgerät und spricht in das Mikrofon: „29. August, Lena, Jenny und Jonas, Gespräch mit Marvin.“

Dann füllt sich der Raum, und es kann endlich losgehen. Marvin sieht aus wie ein müdes Gespenst und gähnt ein paarmal. Sein Vater meint, in spätestens einer Viertelstunde müsse Schluss sein.

„Das schafft ihr locker“, sagt Frau Azemoun.

„Okay“, sagt Jenny und stellt die erste Frage: „Macht es dir eigentlich nach wie vor Spaß, jeden Tag im Fernsehen zu sein?“

Marvin kratzt sich hinter dem Ohr und brummelt: „Nicht besonders, weil es im Fernsehen ziemlich eng ist. Damit ich hineinpasse, müssen sie mich vorher zusammenstauchen, nachher strecken sie mich wieder auf Normallänge.“

Jenny nickt ganz ernst. Glaubt sie ihm den Quatsch etwa? Merkt sie nicht, dass er sie veräppelt? Lena kann es nicht fassen.

„Wie bist du eigentlich für die Serie entdeckt worden?“, will Jenny wissen.

Marvin kratzt sich hinter dem anderen Ohr, legt die

Stirn in Falten und witzelt: „Wer sich nicht versteckt, der wird halt entdeckt."

„Ach so", sagt Jenny.

„Ach so", äfft Lena die Freundin nach und rückt Marvin auf die Pelle. „Übst du hier für die nächste Klassenkaspermeisterschaft?"

„Donnerwetter!" Marvins Vater klopft auf seinen Kugelbauch und freut sich.

„Palimpalim", sagt Jenny und streckt Lena die Zunge heraus.

Marvin beendet das Geplänkel mit einer Entschuldigung und einer Erklärung. Er sei ziemlich genervt von der ewigen Fragerei. Deshalb falle es ihm im Moment schwer, ernsthaft zu antworten.

„Nur noch zehn Minuten", sagt sein Vater.

Lena möchte endlich eine Frage loswerden, aber Jonas funkt dazwischen: „Wie heißt dein Lieblingsfußballverein?"

„Ich habe keinen", sagt Marvin gähnend.

„Und hast du zur Zeit eine feste Freundin?" Lena bedeckt mit den Händen ihre glühenden Wangen und wartet gespannt auf die Antwort. Marvin stöhnt auf, verzieht das Gesicht und murmelt etwas von Zeitstress. Er müsse zwar nicht in die Schule, weil die Soap ja tagsüber gedreht werde, aber in den Pausen sei Lernen angesagt, und sein Privatlehrer sei verdammt streng. Nebenbei nehme er ja auch noch Schauspiel- und Gesangsunterricht.

„Also voll der Zeitstress?“, fragt Lena.

„Randvoll!“ Marvin sieht nach seinem Vater und schnauft.

Lena lässt einen Kann-dich-gut-verstehen-Schnaufer raus und hat keine Fragen mehr. Jenny und Jonas sind ebenfalls bedient.

„Das war große Klasse“, sagt Harry Pöpper. Er nimmt die Kassette aus dem Gerät und beschriftet sie.

Marvin schüttelt allen die Hand und bedankt sich artig für „alles“. Sein Vater verteilt Marvin-T-Shirts und Autogrammkarten und sagt danke schön für die „herzliche“ Gastfreundschaft. Nachdem die Nettigkeiten ausgetauscht worden sind, bleiben nur Jenny, Lena und Jonas zurück. Sie sitzen in der Kantine, haben riesengroße Eisbecher auf dem Tisch stehen und machen einen zufriedenen Eindruck. Jenny und Jonas füttern sich gegenseitig, was bald in ein Bekleckern ausartet. Jonas bekommt einen Schokoladenmund und ein Erdbeerkinn, Jennys Nasenspitze ein Sahnehäubchen.

Voll eklig! Lena mag nicht länger zusehen. Jenny scheint auf einmal völlig durchgeknallt zu sein. Oder verknallt? Aber ob durchgeknallt oder verknallt – es bedeutet keinen großen Unterschied.

„Ciao, ihr Süßen“, sagt sie mit honigsüßer Stimme. Jenny und Jonas sind liebestaub und -blind und kleckern wie blöde.

Auf dem Weg zur Bushaltestelle denkt Lena mit vielen

guten Gedanken an Marvin. Besonders das Erlebnis im Fahrstuhl wird sie wohl nie vergessen und wahrscheinlich eines Tages ihren Enkelkindern erzählen. Sie würde so gerne das gute Gefühl für eine Weile behalten, aber zwei Stationen später plappert das schlechte Gewissen mit ihr und hämmert ihr eine Frage in den Kopf: Was wird sie zu Hause erwarten?

Voll die Angst!

Lena dreht den Schlüssel zweimal im Schloss um und schleicht in die Wohnung wie eine Diebin. Jede Minute kann ihre Mom eintreffen und wird die üblichen Wie-war-es-Fragen stellen, auf die Lena keine Antwort weiß. Sie geht ins Bad und schminkt sich ab. Die Botschaft auf dem Spiegel lässt sie stehen. Dann gießt sie sich ein Glas mit Apfelsaft ein, geht in ihr Zimmer und breitet die Schulsachen auf ihrem Schreibtisch aus. Sie nippt an dem Glas und schlägt das Mathebuch auf: *Die Funktionsgleichung der Umkehrfunktion f erhält man aus der Funktionsgleichung der Funktion f in zwei Schritten …*

„Du bist noch fleißig?“ Frau Liebermann streichelt ihrer Tochter zärtlich den Nacken. „Bei Papa wird es wohl wieder spät. Soll ich uns eine Pizza bestellen?“

„Von mir aus. Für mich bitte mit Schinken und Ananas“, sagt Lena, ohne den Blick vom Mathebuch zu wenden. Sie liest halblaut: „Erstens … Man löst die Funktionsgleichung von f nach x auf. Zweitens … Man vertauscht dann die Variablen x und y … logisch, voll logisch …“

Sie klappt das Buch zu, als ihre Mutter telefonieren geht und wirft den Computer an, schaut nach E-Mails und in eine leere Mailbox. Irgendwie hat sie gehofft, dort von Marvin eine Nachricht zu finden. Aber wie soll das gehen, wenn er ihre E-Mail-Adresse gar nicht hat: Lena-Maus-@-mail.de …¿ Sie ruft die Internetseite von *Kurz&Gut* auf. Es gibt keine neuen Infos über Marvin. Minutenlang starrt sie sein Bild an, findet, dass er im wirklichen Leben tausendmal besser aussieht und würde ihrer Mom so gerne von der Begegnung bei *RadioXXLCityEar* erzählen.

Mit ihrem Nickname CINDERLENA klinkt sie sich in den Fan-Chat ein. Dreizehn Chatter befinden sich im Raum, die sie mit einem fröhlichen „Hi“ begrüßt und wird zurückgegrüßt. Im Chatraum dreht sich alles um die letzte Folge. Da kann Lena leider nicht mitreden. Sie wartet eine günstige Gelegenheit ab und platzt mit *ihrem* Marvin-Erlebnis heraus.

CINDERLENA: … habe ihn heute gesehn … in echt!!!

PUSCHELINE: hihihi, in echt geträumt *lach*

MARVINA13: lass sie doch erst mal erzählen!

CINDERLENA: stimmt aber! marvin war bei uns in der stadt und …

„Die Pizza wird kalt!“ Luise Liebermann steht hinter ihr und stiert auf den Monitor.

Lena reagiert blitzschnell und verlässt grußlos den Chat. Beim Essen wagt sie einen zaghaften Anlauf, ihre Geschichte loszuwerden.

„Darf ich dich mal was fragen?“

„Natürlich!“

„Hattest du eine Lieblingsfernsehserie, als du in meinem Alter gewesen bist?“

„Ich habe lieber gelesen“, antwortet ihrer Mutter.

„Ach so“, sagt Lena und sieht ein, dass der eingeschlagene Frageweg nicht zum gewünschten Ziel führen wird. Stattdessen wird sie selbst ausgefragt.

„Liegt das nasse Handtuch noch in deiner Tasche? Ich habe es nirgends hängen sehen.“

„Vergessen.“

„Dann hol es schleunigst raus.“

„Ich meine, ich habe es im Hallenbad vergessen.“ Lena spießt ein Stück Ananas auf die Gabel und schiebt es in den Mund. Warum beendet sie nicht einfach die Lügerei und rückt mit der Wahrheit raus? Schließlich hat sie kein Verbrechen begangen. Sie bekommt einen Wo-hast-du-nur-deinen-Kopf-Spruch zu hören, und dann wird schon die nächste Frage gestellt: „Wie lief der Unterricht bei Frau Olewski?“

„Gut.“

„Hast du wenigstens an die Quittung gedacht?“

„Ja.“

„Und wie war's in der Theater-AG? Lass dir doch nicht jedes Wort einzeln aus der Nase ziehen!“

„Auch gut.“

„Na gut, dann ist es ja gut, wenn alles gut ist.“ Frau

Liebermann hebt die Stimme. „Aber dein Geschmiere auf dem Spiegel im Bad finde ich gar nicht gut! Ich erwarte, dass du es nachher abwischst. Und damit das nun endgültig geklärt ist: Über einen Hund lasse ich nicht mit mir verhandeln!"

„Schon gut." Lena schleicht ins Bad, reibt den Spiegel blank und wird dann von ihrer Mutter ans Telefon gerufen.

„Jonas ist der süßeste Junge, den ich jemals getroffen habe!", jubelt Jenny in Lenas Ohr.

„Die Klecker-Jenny", unterbricht Lena den Jubel und grinst sehr breit.

Jenny lässt sich nicht ärgern und rattert eine lange Liste von Begründungen herunter, warum Jonas so ein Süßer ist. An erster Stelle steht natürlich sein blendendes Aussehen, dann folgen sein Witz, seine Klugheit und schließlich seine Zärtlichkeit.

„Schön für dich", sagt Lena. Sie würde sich freuen, wenn Jenny sich mal erkundigen würde, ob es Ärger gegeben hat. Aber die redet nur von sich und Jonas.

„Ich muss Schluss machen!" Lena wartet gar nicht erst, ob Jenny noch etwas zu sagen hat und legt auf.

Gleich darauf klingelt es wieder. Eine beleidigte Jenny will wissen, ob Lena vielleicht neidisch sei.

„Auf wen oder was? Etwa auf deinen Jonas?" Lena lacht gekünstelt.

„Was ist los? Du bist auf einmal so komisch", sagt Jenny.

„Nichts ist los. Ich muss noch Hausaufgaben erledigen.“ Sie knallt den Hörer auf. Eine Stunde später hat sie Kopfweh und ein flaues Gefühl im Bauch. Sie packt die Schulsachen ein, geht ins Wohnzimmer, wo ihre Mutter auf der Couch eingeschlafen ist.

Als Lena sich in ihr Zimmer zurückziehen will, kommt ihr Vater nach Hause. Ein Poltergeist, der die Mutter aufweckt, die Stubenfliegen erschreckt und feiern will, weil er fünf Lebensversicherungen verkauft hat. Leo Liebermann entkorkt eine Flasche Sekt. Lena stößt mit Apfelsaftschorle an, lässt ihren Vater eine Weile über seine erfolgreichen Abschlüsse plaudern und nutzt dann die Feierstimmung zu einer Überraschungsfrage: „Weißt du eigentlich schon, was du mir zum Geburtstag schenkst?“

Er tut erstaunt und hat anscheinend vergessen, dass seine Tochter bald ein Jahr älter wird. Nach kurzem Nachdenken rettet er sich mit einem voreiligen: „Alles, was meine Prinzessin sich wünscht.“

„Also, erstens wünsche ich mir, dass ihr nie mehr Prinzessin zu mir sagt. Und zweitens …“

„Ich will es versuchen, Prinzessin“, unterbricht er sie lachend. „Und zweitens?“

„… wünsche ich mir einen Hund!“

Luise Liebermann stellt ihr Sektglas hart auf dem Tisch ab und blafft: „Das Thema ist durch!“

„Wir sollten uns in Ruhe darüber unterhalten“, sagt Leo Liebermann beschwichtigend. „Ein Hund bedeutet eine

Menge Verantwortung. Es ist nicht so, dass ich dir nicht zutrauen würde, verantwortlich mit dem Tier umzugehen, aber denk an den Zeitaufwand, denk an deine Termine, denk an ..."

Lena hat die Nase gestrichen voll von den Denk-Sprüchen ihres Vaters und verlässt türenknallend den Raum. Sie putzt sich die Zähne und hört dabei das Gezeter im Wohnzimmer. Ihre Mutter motzt ihren Vater an. Er sei ihr in den Rücken gefallen und so ...

Lena mag es nicht, wenn ihre Eltern sich streiten, erst recht nicht, wenn sie der Anlass ist. Sie spült den Mund aus, mummelt sich in die Bettdecke, stellt den Wecker auf fünf Minuten vor zwölf und schläft bald ein.

Zwei Stunden und vierzehn Minuten später erwacht sie aus einem Traum, von dem sie nur noch weiß, dass darin ein schwarzer Scotchterrier eine Rolle gespielt hat. Sie hat keine Ahnung mehr, warum sie kurz vor Mitternacht aufstehn wollte, dreht sich auf den Bauch und dämmert ein. Aber kurz bevor sie die Schwelle ins Traumland überschreitet, fällt ihr wieder ein, was sie vorgehabt hat.

Sie schnappt sich Fernbedienung, Kopfhörer und die Bettdecke und kuschelt sich in den Korbsessel. Im Fernsehen wird gerade für Hundefutter geworben, dann für einen Energiedrink, und schließlich muss Lena einsehen, dass man sich auf nichts verlassen kann. Denn statt der letzten Folge von *Kurz&Gut* wird eine Zusammenfassung von irgendwelchen Fußballspielen gesendet. Sie schleicht ins Wohnzimmer, sucht nach der Programmzeitschrift und begegnet auf dem Rückweg ihrer Mutter auf dem Flur. Ein übellauniges Nachtgespenst mit giftgrüner Gesichtsmaske.

„Kannst du mir bitte erklären, warum du hier mitten in der Nacht herumschleichst?"

Lena könnte es, aber was würde es nützen, also verzichtet sie auf eine Antwort und zieht sich in ihr Zimmer zurück.

Luise Liebermann folgt ihr und sieht, dass der Fernseher läuft. „Das sind ja ganz neue Sitten", sagt sie. „Oder verbringst du die Nächte öfters vor dem Fernseher?"

„Nein!"

Lena drückt auf die Fernbedienung und ist restlos bedient. Sie hat keine Lust, immer alles erklären zu müssen.

„Du missbrauchst mein Vertrauen!" Frau Liebermann schüttelt den Kopf so heftig, dass ein Teil der Maske abblättert und feinstaubig auf den Boden rieselt.

„Das stimmt ja gar nicht!" Lena dreht ihrer Mom den Rücken zu und gibt Schnarchgeräusche von sich.

Luise Liebermann gibt nicht auf, wird lauter und lockt Leo Liebermann an. Auf einmal findet in Lenas Zimmer ein Familientreffen statt. Frau Liebermann erläutert ihrem Mann den Grund der nächtlichen Versammlung.

„Das finde ich nicht in Ordnung", sagt er und gähnt. Andererseits müsse man ja aus einer Mücke keinen Elefanten machen. Lena teilt die Ansicht ihres Papas.

„Musst du mir schon wieder in den Rücken fallen?“ Wieder rieselt Maskenstaub.

„Ich will schlafen!“, brüllt Lena dazwischen.

„Ich auch!“, ruft ihr Vater.

Endlich wird das Meeting aufgelöst. Ruhe kehrt trotzdem nicht ein. Im Schlafzimmer streiten die Eltern. Das schlechte Gewissen gibt Lena die Schuld daran. Was kann sie dafür, wenn ihren Eltern jegliches Verständnis für ihre Bedürfnisse abgeht? Marvins Eltern sind ... Plötzlich schlägt ein Panikgedanke bei ihr ein, an dem sie fast zu ersticken droht: Morgen wird sie groß in der Zeitung stehen. Morgen werden ihre Schwindeleien auffliegen! Morgen ... könnte sie sämtliche Zeitungen aufkaufen. Oder ihre Tasche packen und auswandern oder ...

„Ausgeschlafen, Prinzessin?“

Alles ist wie immer. Ihr Vater sitzt am Frühstückstisch und liest Zeitung. Ihre Mutter gibt die Zeit an, die Lena fürs Badezimmer bleibt.

„Geh du zuerst“, sagt Lena und setzt sich dem Vater gegenüber. Zum Glück liest der mit Vorliebe den Sport- und den Wirtschaftsteil. Außerdem hetzen ihn wie immer seine Termine. Fünf Minuten später ist Lena mit sich und dem *Tagesecho* alleine. Auf der ersten Seite wird auf den Bericht und das Interview im Innenteil hingewiesen. Lena schlägt die Seite auf und wird von ihrer Mutter überrascht, die versöhnliche Töne anschlägt. Sie habe wohl in der Nacht ein bisschen überreagiert, meint sie.

„Schon gut“, sagt Lena und gibt die Zeitung nicht aus den Händen.

„Es wird Zeit“, sagt Luise Liebermann. „Was steht denn so Fesselndes in der Zeitung?“

„Nichts!“ Lena klemmt das *Tagesecho* unter den Arm und hofft, dass kein Einwand ihrer Mutter folgt. Frau Liebermann wird vom Läuten des Telefons abgelenkt. Lena nutzt die Gelegenheit und steckt die Zeitung in ihren Rucksack.

Im Schulbus quasselt Jenny nur von ihrem Jonas. Lena hört geduldig zu und verzieht keine Miene. Voll der Liebeswahnsinn!

„Du, wir stehen in der Zeitung“, sagt Lena beim Aussteigen.

„Cool!“, meint Jenny und schwärmt sofort wieder von Jonas, mit dem sie nach der Schule ein Date in der Eisdiele hat.

„Ich bin heute ausnahmsweise nur mit der Ballettlehrerin verabredet“, seufzt Lena. Falls ich nach der Schule die Strafpredigt meiner Mutter überlebe, fügt sie in Gedanken hinzu.

In der Klasse scheint es keine Zeitungsleser zu geben. Niemand spricht Jenny und Lena an. Zwei, drei erzählen, dass sie mit Marvin gechattet haben.

„Und wir haben ihn live erlebt!“, tönt Jenny.

„Lass doch ...“, sagt Lena und verschweigt, dass die Zeitung in ihrem Rucksack steckt.

„Und Lena und Marvin steckten sogar stundenlang im Fahrstuhl fest“, verkündet Jenny. „Allein …!“

Voll peinlich! Lena tippt sich gegen die Stirn. Niemand glaubt Jenny. Erst als in der zweiten Stunde Herr Wildgruber in das Klassenzimmer wirbelt, wendet sich das Blatt. Der Deutschlehrer, der meistens gute Laune versprüht, scheint heute besonders gut drauf zu sein. Wie ein Zeitungsverkäufer hält er die neueste Ausgabe vom *Tagesecho* in die Höhe und brüllt: „Herzlichen Glückwunsch!“

Vielleicht täuscht Lena sich, und Herrn Wildgrubers Überdosis gute Laune ist nur ein Zeichen dafür, dass er über Nacht verrückt geworden ist. Der gute Mann hat mindestens zwanzig Jahre Schuldienst auf dem Buckel. Lena kann gut verstehen, dass man da früher oder später durchknallen muss.

Der Deutschlehrer tänzelt auf Lena und Jenny zu und sagt, er sei entzückt gewesen, als er beim Frühstück die Zeitung gelesen habe und …

Die Tür wird aufgerissen. Ein anderer Verrückter braust herein und schwenkt ebenfalls die Zeitung. Rektor Hochberg und Herr Wildgruber begrüßen sich so überschwänglich, als seien sie sich gerade auf dem Marktplatz von Peking über den Weg gelaufen. Dann stehen wieder Jenny und Lena im Mittelpunkt und werden mit Lob überhäuft.

„Ich freue mich, dass der Name unserer Schule auf positive Weise Erwähnung gefunden hat“, sagt Herr Hochberg. Er wünscht allen einen angenehmen Tag. Die Zeitung wandert von Tisch zu Tisch. Aus der Deutschstunde wird eine Lena-Jenny-Erzählstunde, die auch in der großen Pause fortgesetzt wird. Es fehlt nur noch, dass sie Autogramme geben müssen. Lena überlässt das Reden Jenny und nickt nur ab und zu. Wenn sie an ihre Mutter denkt – und das muss sie ständig – grummelt der Bauch. Wäre es nicht klüger, einfach abzuhauen? Für zwei oder drei Tage …

Voll die Krise!

Lena rechnet jeden Augenblick damit, dass ihre Schwindelei auffliegt. Aber ihre Mom scheint völlig ahnungslos zu sein. Auch ihr Vater verliert kein Wort über den Zeitungsbericht, als er nach Hause kommt.

Lena freut sich leider zu früh, denn beim Abendbrot auf der Terrasse bricht ihre Mutter mit einer auf den ersten Blick harmlosen Frage den Familienfrieden: „Prinzessin, hast du uns nichts mitzuteilen?“

Lena schüttelt den Kopf und zerteilt mit der Gabel ein Stück Mozzarella, das sie ohne zu kauen runterschluckt.

„Das klingt ja sehr dramatisch“, meint der Vater und schneidet Brot und eine Grimasse.

„Scheiße!“, ruft Lena und fängt an zu heulen.

„Deine Ausdrucksweise passt zu deinem Verhalten“, sagt Luise Liebermann.

„Dürfte ich erfahren, worum es geht?“ Leo Liebermann klopft mit der Messerspitze gegen den Tellerrand, als wolle er gleich eine Rede halten und wirkt ziemlich ungehalten.

„Unsere Tochter betätigt sich nebenbei als Journalistin", sagt Frau Liebermann und lacht gezwungen.

„Das ist doch eigentlich lobenswert", meint Herr Liebermann.

Lenas Heultöne werden lauter, steigern sich zu sirenenähnlichen Klängen, schaffen es allerdings nicht, ihre Mutter zu übertönen oder gar zu besänftigen. Im Gegenteil. Luise Liebermann hebt die Stimme und fegt mit einer fahrigen Handbewegung die Tomatensalatschüssel vom Tisch.

Herr Liebermann erfährt endlich, was Lena Schlimmes verbrochen hat und lässt einen Spruch ab: „Nichts wird so heiß gegessen, wie es gekocht wird ..."

Damit sammelt er nur Minuspunkte bei seiner Frau, die ihn einen „Sprücheklopfer" und „Weichei" nennt. Nun wird auch er etwas lauter: Er könne auch anders ... Was er damit meint, lässt er offen. Lena schnäuzt sich mit der Serviette die Nase und nimmt sich vor, niemals wieder ein Wort mit ihrer Krawallmutter zu wechseln, die sie nur noch ätzend findet.

„... und die Quittung von Frau Olewski hast du wahrscheinlich gefälscht!", brüllt Luise Liebermann mit hochrotem Kopf.

„Logisch!", antwortet Lena.

„Hausarrest", schnarrt Frau Liebermann. „An den nächsten drei Wochenenden verlässt du nicht die Wohnung! Hast du mich verstanden, Prinzessin?"

„Wenn du noch einmal Prinzessin zu mir sagst, gehe ich nach Berlin zu den Straßenkids!“, schnaubt Lena.

„Ich weiß nicht“, sagt Leo Liebermann und lässt offen, was er nicht weiß.

„Und dein Geburtstag …“

„Könnt ihr vergessen.“ Lena schneidet ihrer Mutter das Wort ab. Sie boxt gegen den Brotkorb, der neben der zerbrochenen Salatschüssel landet, rennt aus dem Zimmer und schließt sich im Bad ein. Sie hockt auf dem Rand der Badewanne, heult und bereut, dass sie nicht rechtzeitig die Biege gemacht hat. Aber was nicht ist, kann ja ganz schnell werden. Hausarrest lässt sie sich jedenfalls nicht aufbrummen! Keine einzige Minute.

„Lena!“

Jemand pocht zaghaft gegen die Tür. Lena schaltet das fischförmige Radio ein, dreht die Musik auf volle Lautstärke und hält sich zusätzlich die Ohren zu. Dem Geschrei ihrer Mutter entgeht sie nicht. Luise Liebermann droht damit, die Tür einzuschlagen.

„Mir doch egal“, flüstert Lena und schielt zum Fenster: ein handtuchgroßer Fluchtweg über der Toilette. Wendig und geschickt wie eine Artistin gelingt ihr der Ausstieg in die Freiheit. Als sie auf der Straße steht, weiß sie nicht genau, was sie mit der gewonnenen Bewegungsfreiheit anfangen soll. Zu Jenny flüchten? Mit dem Bus zum Bahnhof fahren, die Stadt, die Eltern und überhaupt alles hinter sich lassen?

Sie ist nicht geübt im Abhauen, hat keine Ahnung, keinen Plan, ist nicht straßenschlau und hat vor allen Dingen nicht einen müden Cent in der Tasche.

Sie spaziert ziellos durch die Straßen des Viertels, gelangt wie zufällig zum Haus, in dem ihre Klavierlehrerin wohnt, lehnt sich gegen den schmiedeeisernen Gartenzaun und wünscht sich, angesprochen und in die Arme genommen zu werden. Nach ein paar Minuten läuft sie weiter, begegnet einer Katze, die ihren Kopf an ihr Bein schmiegt und stößt fast mit Frau Olewski zusammen.

„Du guckst so kummrig", sagt sie. „Hast du Liebeskummer, Schulkummer oder Elternkummer?"

„Elternkummer", antwortet Lena. „Eigentlich mehr Mutterkummer ..."

„Verstehe", sagt die Klavierlehrerin und lädt Lena zu einer Tasse Kakao ein. Dazu stellt sie eine Schale mit Schokoplätzchen auf den Tisch und öffnet eine Schachtel Pralinen.

„Ich bin nämlich ein Süßmaul", verrät sie und fordert Lena auf, von ihrem Eltern- beziehungsweise Mutterkummer zu erzählen.

„Also ..." Lena holt tief Luft. Dann erzählt sie mit monotoner Stimme von ihrem Stress. Zwischendurch nippt sie an der Tasse.

Die Klavierlehrerin legt mal die Stirn in Falten, mal nickt sie zustimmend und steckt sich im Minutentakt eine Praline in den Mund.

„Und am liebsten würde ich nie wieder nach Hause gehen", beendet Lena die Niemand-versteht-mich-Geschichte. Sie seufzt und schaut Frau Olewski erwartungsvoll an. Vielleicht kennt die einen Zauberspruch.

„Abhauen hilft in keinem Fall weiter", meint die Klavierlehrerin. „Manchmal möchte man seine Eltern nur noch von hinten sehen. Aber …"

Das folgende Aber gefällt Lena nicht, weil es um Verständnis für die Eltern wirbt. Es sei halt doch ein Vertrauensbruch gewesen, dass Lena zugunsten von Marvin den Klavierunterricht geschwänzt habe und so weiter.

„Okay", sagt Lena und versucht gar nicht erst, ihre Enttäuschung zu verbergen. Die Erwachsenen scheinen irgendwie alle gleich zu sein. Jedenfalls dann, wenn man sie wirklich braucht. Sie bedankt sich für den Kakao und geht zur Tür.

„Was hältst du davon, wenn ich dich begleite?", fragt Frau Olewski.

Nicht viel, liegt Lena auf der Zunge, dann nimmt sie das Angebot an: ein Schweigemarsch bis nach Hause. Die Klavierlehrerin klingelt, eine wütende Frau Liebermann reißt die Tür auf und lässt sich nicht besänftigen. Lena sei entschieden zu weit gegangen, brüllt sie auf die Straße.

Nicht weit genug, denkt Lena und wünscht sich auf eine einsame Insel oder, viel besser, zu Marvin und seiner Familie. Ihr Vater kommt dazu und bittet alle in die Wohnung, weil er Angst hat um seinen guten Ruf. Frau

Olewski legt ein Geständnis ab. Sie habe von Lenas Plänen gewusst und sie auch noch unterstützt.

Eine Freundin weniger, schießt es Lena durch den Kopf. Sie schrumpft auf Igelgröße, leider wachsen ihre keine Stacheln.

„Das ist ja noch schöner", schreit ihre Mom Frau Olewski an. „Unter diesen Umständen werden Sie meine Tochter in Zukunft nicht mehr unterrichten!"

Die Klavierlehrerin dreht sich um und geht grußlos. Lena gönnt ihr, dass sie nun die Angeschmierte ist. Sie geht ins Haus, legt sich angezogen ins Bett und wird von ihrer Mutter gestört, die eine Entschuldigung verlangt.

„Ich wüsste nicht, wofür ich mich entschuldigen sollte", sagt sie schnippisch und zieht die Decke über beide Ohren.

Auch in den nächsten Tagen schaltet sie auf stur und redet nur das Nötigste mit ihrer Mutter. Den Geburtstag hat sie fast aus ihrem Gedächtnis gestrichen. Dummerweise sind die Einladungen schon verteilt. Und Jenny fragt jeden Tag, ob sie auch wirklich ihren Jonas mitbringen darf.

„Alles wird gut", sagt Lena. Auch wenn sie nicht wirklich daran glaubt. Sie wird mit sich allein und der Traurigkeit feiern, irgendwo in der Stadt und …

An ihrem Geburtstag regnet es. Sie drückt die Nase gegen die Fensterscheibe und flüstert: „Herzlichen Glückwunsch, Lena." Zwei sehr unterschiedliche Gefühle streiten in ihr um die Vorherrschaft. Einerseits würde sie den Tag liebend gerne im Bett vermuckeln, andererseits wünscht sie sich, dass alle, die sie kennen und mögen an ihren Geburtstag denken und …

„Happy birthday to you." Ihre Mutter trägt eine Schokosahnetorte vor sich her, auf der dreizehn Kerzen brennen.

„Ausblasen!", ruft ihr Vater und drückt Lena so fest, dass ihr fast die Luft wegbleibt.

Sie löst sich aus der Umarmung, bläst die Kerzen aus, wird von ihrer Mutter abgeknutscht und zum Geburtstagstisch im Wohnzimmer geführt.

„Jetzt ist unsere Prinzessin schon ein Teenager", sagt Luise Liebermann und verdreht die Augen.

„Wir werden alt", seufzt Leo Liebermann.

Lena bringt einen der dreizehn Luftballons, die rund um den Tisch angebracht sind, zum Platzen und platzt fast selbst vor Wut, weil der Geburtstagshund fehlt.

„Willst du deine Geschenke nicht auspacken?", fragt ihre Mutter und gibt ihr einen sanften Stups.

Lena schafft es nicht, Freude zu zeigen über: zwei Bücher, eine CD, eine Marvin-Kaffeetasse, viele Süßigkeiten und das Handy. Ihr Vater erklärt ihr mit eifrigen Worten, welche Tasten sie drücken muss, damit das Gerät funktioniert. Dann nimmt er sein Handy aus der Jackentasche und wählt sie an. Bei ihr ertönt eine Melodie, die ihr für Sekunden ein Lächeln ins Gesicht zaubert: *Hab nur Mut, alles, wirklich alles wird gut …* Das ist der Titelsong aus *Kurz&Gut*.

Sie hat keine Lust, mit ihrem Vater zu telefonieren und hebt die lila Wachstischdecke hoch, weil sie hofft, dass unter dem Tisch ein Hund sitzt.

„Hätte ich fast vergessen", sagt Leo Liebermann auf einmal und stürzt in die Küche.

Lenas Herz schlägt schneller, gleich wird sie in treue Hundeaugen blicken und …

Voll die Verarschung! Der schwarze Stoffhund mit den weißen Schlappohren reicht ihr fast bis an die Hüften. Mit seinem elektronischen Innenleben kann er bellen, knurren und mit dem Schwanz wedeln.

„Ich muss erst noch Batterien besorgen", sagt Leo Liebermann.

„Aha", antwortet Lena und geht ins Bad.

Mit einer supermiesen Laune sitzt sie die fünf Schulstunden ab. Sie lässt die vielen Glückwünsche mit einer Trauermiene über sich ergehen, und auch die Minitorte mit Kerze, die Jenny ihr auf den Tisch stellt, kann sie nicht aus der Mir-ist-alles-egal-Stimmung herausholen.

Am Nachmittag würde sie gerne für sich sein, aber alle paar Minuten klingelt das Telefon. Die weit verstreute Verwandtschaft gratuliert. Lena bedankt sich artig und antwortet auf alle Fragen nur mit Ja oder Nein.

Luise Liebermann wichtelt in der Küche. Um 15 Uhr werden die Gäste erwartet. Zehn Minuten vorher wird

Lena in den mütterlichen Zeitplan eingeweiht: Ein Kennenlernspiel, für das eine Viertelstunde eingeplant ist, danach bis 16 Uhr Kaffeetrinken, dem die große Überraschung folgt. Gegen 19 Uhr steht das Abendessen auf dem Programm und auf dem Tisch. Eine Stunde später soll die Fete ausklingen.

„Wieso denn ein Kennenlernspiel?“, fragt Lena. „Wir kennen uns doch alle!“

Darauf weiß ihre Mom keine Antwort. Lena ist es egal. Irgendwie wird sie die Zeit schon absitzen.

Punkt 15 Uhr klingelt es prompt an der Haustür. Jenny und Jonas treten lärmend ein, verteilen Küsschen und ihre Geschenke. Der Zeitungsartikel, blau eingerahmt, gefällt Lena besonders gut. Und dass sie nun zwei Marvin-Tassen besitzt, ist nicht weiter schlimm. Aus der einen wird sie nur Kakao, aus der anderen ausschließlich Kaffee trinken.

„Es kann gleich losgehen!“ Ihre Mutter steckt den Kopf aus der Küche und winkt den Gästen zu.

Vanessa, Silke, Heike und Maria bringen noch mehr Fröhlichkeit ins Haus und drei zusätzliche Tassen, auf denen Marvin abgebildet ist. Lena bedankt sich brav und erschrickt als Kathy und Ruth vor der Tür stehen. Die Töchter von Moms Chefin hat sie nicht auf ihrer Einladungsliste stehen gehabt. Aber wenn ihre Mutter meint, sie müssten mitfeiern, soll es ihr recht sein. Sie hat sowieso den Geburtstagsblues und ständig ein seltsames Brennen in den Augen und wird niemals mehr in ihrem Leben feiern. Jedenfalls nicht nach den Vorschriften ihrer Mutter.

„Darf ich bitten ...", säuselt Luise Liebermann und trägt eine Schüssel Schlagsahne ins Wohnzimmer.

Voll peinlich!

Es wird nur Kakao und Früchtetee angeboten. Wie auf einem Kindergeburtstag! Nicht einmal koffeinfreier Kaffee steht auf dem Tisch. Niemand fragt nach Kaffee, alle schlürfen brav Kakao, nur Ruth und Kathy bevorzugen Tee.

Luise Liebermann verzichtet auf das Kennenlernspiel. Jenny und Jonas füttern und bekleckern sich gegenseitig, was ihnen sichtlich Spaß bereitet. Kathy und Ruth verziehen das Gesicht und unterhalten sich krampfig-höflich mit Frau Liebermann über Kalorien. Vanessa, Silke, Heike und Maria tauschen Schulgeschichten aus. Lena würde gerne den kompletten Tag austauschen und träumt davon, eine Selbsthilfegruppe für Geburtstagsenttäuschte zu gründen.

„Ist der nicht süß?" Luise Liebermann hält plötzlich den elektronischen Köter in den Armen.

„Heißt der zufällig Marvin?", kreischt Jenny und kugelt fast vom Stuhl vor Lachen.

Lena wirft ihr einen Mörderblick zu und fragt sich, ob es irgendwo auf der Welt ein Land gibt, in dem es streng verboten ist, Geburtstag zu feiern.

Ihre Mutter stellt den Hund ab und flitzt zur Tür. Ihre Überraschung ist auffallend dünn und steckt in einer Latzhose aus Leder. Der junge Mann heißt Jens und überreicht Lena eine Schachtel Pralinen. Dann schiebt er ein Keyboard ins Wohnzimmer, fragt nach einer Verlängerungsschnur, baut ein Mikrofon auf und legt los mit seinem Unterhaltungsprogramm: Schlager, die er mit Inbrunst und mäßiger Stimme vorträgt.

Luise Liebermann räumt mit Ruth und Kathys Hilfe Tisch, Sessel und Couch zur Seite und meint anschließend, nun müsse aber getanzt werden.

„Tanzen!", brüllt Jens und wackelt mit den Hüften.

Ruth und Kathy drehen sich hüftsteif und mit verschränkten Armen ein paar Mal im Kreis. Frau Liebermann klatscht dazu den Takt. Jenny und Jonas jodeln. Vanessa, Silke, Heike und Maria rücken eng zusammen, haken sich ein und schunkeln.

„Hossa, hossa ...", ruft Vanessa ab und zu dazwischen.

Lena kauert mit einem Zitronengesicht in einem Sessel und fragt sich, ob Mütter immer wissen, was sie ihren Kindern antun. Aus einer Zitrone wird ein Zitronenbaum, aber sauer sein nützt ja nix. Deshalb hüpft sie aus dem Sessel und übertönt mühelos den Alleinunterhalter: „Wir feiern in meinem Zimmer!"

Ruth und Kathy glotzen mit Fragezeichenblicken zu Frau Liebermann, die hilflos die Achseln zuckt.

Lena schiebt eine CD in den CD-Player, dreht bis zum

Anschlag auf und dröhnt mit ihrer Anlage den Alleinunterhalter nieder. Frau Liebermann droht mit dem Abbruch der Fete. Lena zeigt keine Einsicht und sichtet ihre CDs nach härteren Dröhnungen. Jens baut ab. Ruth und Kathy verabschieden sich. Luise Liebermann rastet aus und zieht den Stecker aus der Steckdose.

„Scheiße!“ Lena wirft sich bäuchlings aufs Bett und heult los.

„Ich glaube, es ist besser, wenn ihr jetzt geht“, sagt Frau Liebermann. „Ihr seht ja selbst, dass Lena heute nicht besonders gut drauf ist … Tut mir Leid.“

Jenny schmiegt sich an Lena und flüstert ihr ins Ohr: „Deine Mutter ist total palimpalim.“

„Palimpalim“, wiederholt Lena laut und zieht die Nase hoch.

Als alle gegangen sind, beginnt das große Palaver. Luise Liebermann spricht von einer Blamage und von einem unmöglichen Benehmen und …

„Was geht denn hier ab?“ Leo Liebermann lockert seine Krawatte.

„Ich habe Bauchweh“, jammert Lena.

„Ich tippe eher auf Verdrehungen im Kopf“, sagt ihre Mutter.

Lena darf endlich für sich sein, aber nicht lange. Ihr Vater hat Batterien besorgt und muss nun vorführen, was der Hund alles kann.

„Schön“, sagt Lena und gähnt.

Leo Liebermann klemmt das Stofftier unter den Arm und lässt sie in Ruhe. Lena schließt die Tür ab, schaltet den Fernseher ein, schiebt das Kopfkissen in Rückenhöhe und taucht in die neueste Folge von *Kurz&Gut* ein, die mit einer Nahaufnahme von Marvin beginnt, der grinsend vor dem Computer sitzt und die E-Mails liest, die Natalie ihrem neuen Schwarm geschrieben hat. Seine Schwester überrascht ihn, der Stress beginnt und …

Lena weiß nicht, wie ihr geschieht und was sie sagen soll. Eigentlich ist gar nichts passiert. Oder eine ganze Menge: Völlig schmerzlos und auf unerklärliche Weise ist sie in Natalies Zimmer gelandet, steht nun verlegen zwischen Marvin und Natalie, starrt mal ihn und mal sie an und wird angestarrt.

„Palimpalim“, sagt sie und hebt die Hand zum Gruß.

„Wer bist du denn?“, fragt Natalie. „Du stehst doch gar nicht im Drehbuch.“

„Sorry, aber ich …“, stammelt Lena.

„Ich glaube, wir haben ein Problem“, sagt Marvin.

Voll die Kleine!

Lena murmelt schon die dritte Entschuldigung, was weder ihr noch der Serie weiterhilft. Sie hat keine Ahnung, wie sie reingekommen ist in das Serienleben und weiß erst recht nicht, wie sie daraus verschwinden könnte.

„Haben die ohne unser Wissen das Drehbuch geändert?“ Natalies Frage beantwortet der noch immer sprachlose Marvin mit einer Weiß-ich-nicht-Handbewegung.

„Marvin müsste jetzt einen dummen Spruch über Mädchen loslassen“, sagt Natalie. „So steht es jedenfalls im Drehbuch.“

„Dumme Sprüche habe ich auch drauf“, sagt Lena. Im Moment fällt ihr allerdings keiner ein. Sie guckt nur begriffsstutzig aus dem T-Shirt.

„Hast du dich verlaufen?“, fragt Natalie. „Zu welcher Serie gehörst du denn?“

„Verlaufen … Ich weiß nicht, ob man es so nennen kann“, sagt Lena. „Und aus einer Serie bin ich auch nicht, jedenfalls aus keiner Fernsehserie. Ich …“ Sie bricht ab, weil sie keine Erklärung parat hat. Genau genommen ist die Familie Liebermann auch eine Art Soap, täglich, stressig, selten spaßig und …

„Und dann wagst du es, einfach hier reinzuplatzen?“ Natalie kneift die Augen zusammen. „Was sollen denn die Zuschauer denken, wenn plötzlich eine fremde Tussi auftaucht? Drei bis vier Millionen Leute hängen gerade vor der Glotze und verstehen die Welt nicht mehr.“

„Wow!“ Daran hat Lena noch keine Sekunde gedacht. Sie schaut an sich runter. Voll peinlich: Das T-Shirt ist fleckig, die Haare sind zersaust, und in den Hausschuhen sieht sie echt bescheuert aus.

„Vier Millionen“, wiederholt sie und ihr Gesicht fängt an zu glühen. Sie könnte mal winken. Nein, das wäre nicht cool. Sie findet es affig, wenn im Fernsehen gewunken wird. Marvin könnte ja endlich mal den Mund aufmachen und ihr aus der Patsche helfen.

„Erinnerst du dich noch an unser Fahrstuhlabenteuer?“, quatscht sie ihn an.

„Hä?“ Er kratzt sich am Hinterkopf.

Lena ist enttäuscht, dass Marvin den Ahnungslosen spielt. Dabei sind sie sich so nah gewesen. Typisch Mann! Wahrscheinlich will er nicht an die Geschichte erinnert werden, weil sie ihm peinlich ist.

„Na hör mal, vor ungefähr einer Woche“, nimmt sie einen neuen Anlauf, sein Gedächtnis aufzufrischen. „Bei *Radio CityEar* …“

„Vor einer Woche in der Serie? Oder vor einer Woche im wirklichen Leben?“, hakt Marvin nach.

Lena stutzt. Wie meint er das? Sie steht ihm doch gerade total wirklich gegenüber.

Marvin erklärt es ihr: „Was gerade passiert, ist doch schon vor Wochen gedreht worden. Im Moment läuft nur eine Aufzeichnung.“

Aufzeichnung klingt irgendwie nach Zeichentrickfilm und ziemlich spaßig. Aber Lena möchte keine Zeichentrickfigur sein, womöglich mit Quietschentenstimme.

Was Marvin über die Zeitverschiebung gesagt hat, leuchtet ihr ein. Ihr unerklärliches Eindringen in die Fernsehwelt hat offenbar auch die Zeit durcheinander gewirbelt. Wenn es im Augenblick Wochen vorher ist, dann steht ihr dreizehnter Geburtstag noch bevor und …

„Ich habe keinen Bock mehr“, mault Marvin.

„Gleich beginnt die Werbepause“, sagt Natalie. „Gleich stoppen sie das Band.“

Kaum hat sie es ausgesprochen, da hängen sie auch schon fest.

„Und jetzt?“, flüstert Lena.

„Jetzt kommt Werbung“, sagt Marvin.

Auf einmal sind eigenartige Knackgeräusche zu hören. Natalie und Marvin gucken sich viel sagend an, sagen aber kein Wort.

„Was ist los?“, will Lena wissen.

„Nichts!“, blafft Marvin. „Sie haben beim Sender anscheinend endlich gemerkt, dass du bei uns eingebrochen bist. Wir hängen fest, weil sie das Band angehalten haben. Deshalb das Knacken. Wer weiß, wann sie uns wieder zum Laufen bringen. Vielleicht landet die Kassette auf dem Müll. Vielleicht …“

„Du nervst tierisch!“ Natalie zeigt ihrem Serienbruder den Stinkefinger.

Lena spürt ein angstgefärbtes Kribbeln im Bauch und drückt Natalies Hand, die den Druck erwidert, ein warmes Alles-wird-gut-Drücken.

„Und was passiert nun mit uns?“, fragt Lena.

„Wieso mit uns? Du bist die Serieneinbrecherin. Für dich müssen sie sich etwas einfallen lassen“, sagt Natalie. „Den Fall hatten wir noch nie.“

„Aber ich bin nicht eingebrochen“, brummt Lena. „Ich bin …“

„Pssst!“ Marvin legt den Zeigefinger auf die Lippen.

„Was ist los?“, wispert Natalie und spitzt die Ohren.

„Es tut sich was“, sagt Marvin.

Wovon spricht er? Lena bemerkt keine Veränderung, aber sie wäre glücklich, wenn sich bald etwas ändern würde. Vor allen Dingen muss sie dringend auf die Toilette und …

„Eine ungeheuere Schlamperei! Möchte mal wissen, wer die Kleine eingeschmuggelt hat!“ Eine rauchige, ungeheuer laute Stimme lässt Marvin, Natalie und Lena zusammenzucken. Aber zu wem gehört die Polterstimme?

„Wer ist das?“, raunt Lena.

„Peter Wetzel!“, antwortet Natalie.

„Aha.“

„Der Chefgeschichtenerfinder von *Kurz&Gut*“, fährt Natalie im Flüsterton fort. „Er hat die Serie erfunden und denkt sich immer wieder neue Geschichten aus.“

„Aha, und warum hören wir ihn nur und sehen ihn nicht?“, will Lena wissen.

„Weil …“ Natalie schaut Marvin an. „Vermutest du dasselbe wie ich?“

„Tja, scheint so, dass die Kassette …ich meine, dass wir in der Kassette auf dem Tisch im Besprechungszimmer liegen“, sagt er und guckt kummervoll.

„Du bist schließlich für die Geschichten verantwortlich“, erklingt nun eine Frauenstimme.

„Ulla Ginsberg“, sagt Natalie. „Das ist die Produzentin.“

„Und wozu beschäftigen wir eine Story-Editorin, wenn dann eine solch ungeheuere Schlamperei passiert?“, fährt Ulla Ginsberg fort.

„Ich prüfe jedes Drehbuch gewissenhaft. Bei mir gibt es keine Schlamperei, hat es noch nie gegeben, wird es auch nie geben“, hören sie eine weinerliche Frauenstimme.

„Elisabeth Schwarz“, flüstert Natalie.

„Aha. Und was ist eine Story-Dingsbums?“, fragt Lena.

„Story-Editorin“, verbessert Natalie. „Elisabeth Schwarz prüft alle Drehbücher, damit nicht plötzlich jemand drinsteht, der gar nicht zu uns gehört.“

„Aha.“ Chefgeschichtenerfinder, Geschichtenprüferin, Produzentin, Serieneinbrecherin, Besprechungszimmer … Lena schwirrt der Kopf, aber es ist ein sehr angenehmes Schwirren, bunt und schillernd und viel versprechend. Längst verschwendet sie keinen Gedanken mehr daran, wie sie in die Soap hineingekommen ist. Es zählt nur der Augenblick, und den will sie voll auskosten.

„Und nun?“ Lena bohrt in der Nase.

Marvin und Natalie haben keine Ahnung, gucken sich aber ahnungsvoll an.

Lena grinst breit, findet alles palimpalim und behält auch das Vorfreudegrinsen, als es auf einmal knackt.

„Was geht denn jetzt ab?“, fragt sie.

Ehe Natalie oder Marvin antworten können, dreht sich erst Lenas Bauch im Kreis, dann sie selbst. Aber ihr wird nicht schlecht, nicht einmal schwindelig.

„Sie haben die Kassette in den Rekorder geschoben!“, kreischt Marvin. „Sie suchen nach der Stelle, an der du in die Serie eingebrochen bist.“

Tatsächlich steht Lena auf einmal wieder in Natalies Zimmer. Natalie glotzt sie erstaunt an und fragt: „Wer bist du denn? Du stehst doch gar nicht im Drehbuch.“

Lena stammelt eine Entschuldigung und …

Die Kassette wird angehalten. Das Palaver beginnt von vorn. Der Chefgeschichtenerfinder, die Geschichtenprüferin und die Produzentin reden gleichzeitig. Aus dem Stimmengewirr sind nur Wortfetzen zu verstehen.

„… Schlamperei …"
„… wird Folgen haben …"
„… lass ich mir nicht bieten …"
„… müssen etwas unternehmen …"
„… einfach rausschneiden …"

„Aua!" Lena zuckt zusammen und wendet sich an Natalie: „Was meinen die mit Rausschneiden?"

„Schnippschnapp!", ruft Marvin. „Und schon bist du nur noch ein Schnipsel, der in irgendeinem Papierkorb landet."

„Blödmann!", sagt Natalie.

„Das will ich aber nicht", sagt Lena. „Ich bin doch kein Blinddarm, den man einfach rausschneiden kann!" Sie muss heftig schlucken. „Tut es denn weh, wenn man rausgeschnitten wird?"

Natalie und Marvin bleiben die Antwort schuldig, denn diese Erfahrung ist ihnen in ihrem bisherigen Serienleben erspart geblieben.

„Das geht nicht!", ertönt auf einmal die warme, weiche Stimme von Ulla Ginsberg.

„Und warum nicht?", fragt Elisabeth Schwarz.

„Weil nach der Sendung die Telefone heiß gelaufen sind und noch immer heiß laufen", sagt Ulla Ginsberg. „Den Zuschauern hat die falsche Neue gefallen. Die überwiegende Mehrheit hat sich für die Kleine ausgesprochen. Also haben wir gar keine andere Wahl, als uns nach dem Geschmack der Leute zu richten."

„Voll cool“, jubelt Lena und ballt die Faust. Sie versteht zwar nicht, was an ihrem Kurzauftritt so berauschend gewesen sein soll, fühlt sich aber gebauchpinselt.

„Tztztztztz“, zischt Marvin und schüttelt den Kopf.

„Oho, sieht ganz danach aus, als ob du unsere Serienschwester wirst oder so“, meint Natalie.

Der Chefgeschichtenerfinder Peter Wetzel hebt seine rauchige Stimme und brüllt: „Unmöglich!“

„... gibt es nicht“, sagt Ulla Ginsberg.

„Die Drehbücher für die nächsten Folgen sind doch längst geschrieben“, fährt Peter Wetzel in ruhigerem Tonfall fort. „Wir müssten sämtliche Geschichten umschreiben. Außerdem wissen wir nichts über die Kleine. Kann die Kleine schauspielern? Kann die Kleine ihren Text auswendig lernen? Ist die Kleine pünktlich und zuverlässig? Werden ihre Eltern einverstanden sein?“

„Gleich krieg ich die Krise“, stöhnt Lena. „Ich bin keine Kleine, du Hohlkopf!

„Auf jeden Fall müssen wir den Zuschauern erklären, wo die Kleine plötzlich herkommt“, meint die Geschichtenprüferin Elisabeth Schwarz. „Sie kann ja nicht einfach so vom Himmel gefallen sein. Irgendwie muss die Kleine doch eine Geschichte haben, eine Herkunft, einen Lebenslauf ...“

„Jetzt bin ich für die auch die Kleine“, schnauft Lena. „Einfach ätzend. Die haben doch alle einen Sockenschuss.“

Ulla Ginsberg schlägt vor, aus Lena ein Waisenkind zu machen, das aus einem Heim geflohen ist und …

„Die spinnt!“, schreit Lena. „Wenn ich ein Waisenkind werden soll, gehe ich lieber nach Berlin und werde Straßenkind.“

„Kannst du vielleicht mal die Klappe halten?“, faucht Marvin. „Ich möchte nämlich gerne erfahren, was die mit uns vorhaben.“

„Nein!“, brüllt Peter Wetzel. Dann scheppert es fürchterlich. Offenbar hat der Chefgeschichtenerfinder kräftig auf den Tisch gehauen. „Nicht mit mir. Die Kleine wird kein Waisenkind. Die Kleine fliegt raus, egal wie …“

„Mistkerl!“ Lena ballt die Fäuste und ist kurz vorm Ausrasten. Falls sie diesem dämlichen Geschichtenerfinder jemals im wirklichen Leben begegnet, wird sie ihn schneckenklein reden.

„Die Kleine bleibt!“

„Die Kleine fliegt!“

„Sie bleibt …!“

„Fliegt …!“

Bleiben oder fliegen, ein scheinbar endloses Hin und Her wie bei einem Tischtennisspiel. Der Wortwechsel findet nur zwischen Peter Wetzel und Ulla Ginsberg statt. Elisabeth Schwarz ist entweder eingeschlafen oder traut sich nicht, ihre Meinung zu sagen.

Lena drückt sich selbst die Daumen und hofft, dass die Entscheidung zu ihren Gunsten fällt.

Voll das Serienfieber!

„Ich fass es nicht, ich fass es nicht ...", wiederholt Marvin papageienartig und fasst sich an den Hals. „Würgwürg ... mehr fällt mir dazu nicht ein."

„Manchmal bist du ein richtiges Ekelpaket", tadelt Natalie ihren Soapbruder. „Gönn der Kleinen doch, dass sie bei uns mitspielen darf. Für uns ändert sich ja nichts. Wir lernen unseren Text auswendig und spielen, was wir spielen sollen."

„Das sagst du so." Marvin zieht eine Ich-weiß-es-besser-Schnute. „Überleg doch mal: Wenn die Kleine nach ihrem Kurzauftritt schon so beliebt ist bei den Zuschauern, dann ..."

„Du hast Schiss, die Kleine könnte dich ausstechen und Publikumsliebling werden." Natalie pfeift leise vor sich hin und verdreht die Augen.

„Die Kleine ...", setzt Marvin zu einer Erwiderung an.

„Ich bin keine Kleine!", fährt Lena dazwischen. „Ihr seid beide palimpalim. Zu Hause muss ich mir immer das Prinzessinnengetue meiner Eltern reinziehen. Ich will endlich raus aus der blöden Kassette. Ich hab keinen Bock mehr auf euer Generve. Ich will …"

„Ruhe!" Marvin fletscht die Zähne wie ein angriffslustiger Tiger. „Man kann ja gar nichts hören."

Was hat er nur? Lena zeigt mit einem heftigen Kopfschütteln ihr Unverständnis. Nachdem Elisabeth Schwarz sich durchgerungen hat, für Lena Partei zu ergreifen, ist es draußen still. Eine beängstigende Stille, denn sie stecken ja weiterhin in der Kassette und wissen nicht, was nun angesagt ist. Lena freut sich zwar, dass sie in die Soap-Familie aufgenommen worden ist, aber inzwischen ödet Marvins und Natalies Nähe sie an.

„Hört ihr es, hört ihr es …" Marvin hält die Hand ans Ohr wie ein Schwerhöriger.

Türenschlagen, Schritte, kurzatmiges Schnaufen und eine Knarzstimme: „Ha, immer bin ich der Dumme. Immer muss ich den Laufburschen spielen."

„Hans Heim!" Marvin klatscht vor Freude in die Hände und wirkt dabei wie ein Kindergartenkind.

„Aha", sagt Lena gedehnt.

„Harry ist mein bester Freund", erklärt Marvin. „Er erledigt für mich nämlich manchmal die Hausaufgaben."

„Ich hätte auch gerne einen persönlichen Hausaufgabenerlediger." Lena seufzt und lauscht dem knarzigen Geschimpfe.

„Ha, sieht aus wie in einem Schweinestall", meckert Hans Heim.

„Ich kann mir gut vorstellen, wie es in dem Besprechungszimmer aussieht“, sagt Natalie. „Zerknülltes Papier auf dem Tisch und auf dem Boden. Volle Aschenbecher, leere Flaschen und …“

„Ha, die reinste Müllhalde“, schimpft Hans Heim. „Das passt, ist ja sowieso alles Müll, was die sich so einfallen lassen. Ha, und sie behaupten frech, die Zuschauer wollten diesen Müll sehen. Ha, die sollten mich mal machen lassen. Ich könnte denen eine Serie schreiben, da würden die …“

Sein Redeschwall wird vom Klingeln eines Telefons gestoppt. Hans Heim wartet lange, bis er den Hörer abnimmt.

„Ja – bin ja schon unterwegs!“ Er knallt den Hörer so heftig auf, dass sogar die Kassette bebt. Dann folgt wieder Türenschlagen und gleich darauf ein Surren, das Natalie einem Fahrstuhl zuordnet. Lena, Marvin und Natalie stehen plötzlich auf dem Kopf, weil Hans Heim die Filmkassette anscheinend verkehrt herum hält. Die Fahrt im Aufzug endet ruckartig. Die Tür geht auf, man hört Schritte und Pfeifen.

„Möchte zu gerne wissen, wohin Harry uns bringt“, sagt Marvin. „Die haben irgendetwas mit uns vor. Und ich fürchte, etwas Übles …“

„Gleich landen wir in einer Mülltonne“, sagt Natalie todernst.

„Du tickst nicht richtig“, knurrt Lena.

„Er hat doch die ganze Zeit von Müll gequatscht", sagt Natalie.

„Aber das geht doch nicht, weil ... weil wir ... weil die Kassette Sondermüll ist, wegen der Chemikalien und so", sagt Lena.

Marvin und Natalie finden den Einwand sehr lustig. Lachend sagt Marvin: „Das kümmert Hans Heim einen Dreck!"

„Da sind Sie ja endlich!" Das ist die unverwechselbare Rauchstimme von Peter Wetzel.

Hans Heim knallt die Kassette auf den Schreibtisch und verabschiedet sich mit einem höhnischen: „Alles Müll!"

Klack und flutsch ... Lena, Natalie und Marvin jagen zum Anfang der Story zurück. Erst purzeln sie durcheinander, dann befinden sie sich für Sekunden in einem schwerelosen Nichts. Schließlich stehen sie wieder dort, wo das Unheil begonnen hat: „Wer bist du denn? Du stehst doch gar nicht im Drehbuch!"

Gleich nach Natalies Worten drückt Peter Wetzel auf die Stopptaste.

„Warum hält der Blödmann uns an?" Lena hat allmählich die Faxen dicke. So stressig und zugleich langweilig hat sie sich das Leben in einer Seifenoper nicht vorgestellt.

„Psssst!" Marvin lauscht angestrengt. Eine bisher unbekannte Stimme meldet sich zu Wort.

„Claudia Renke-Stöver. Sie verkauft die Werbeminuten", sagt Natalie.

„Die Kleine sieht normal-durchschnittlich aus", behauptet Claudia Renke-Stöver.

Lena platzt gleich vor Wut. Was meint die Ziege mit „normal-durchschnittlich"? Und warum ist sie wieder „die Kleine"? Sieht sie auf dem Bildschirm etwa so mäusemickrig aus?

„Normal-durchschnittlich ist okay", fährt die Werbetante fort. „Die Kleine ist keine Schönheit, aber auch nicht potthässlich. Die Firma *Sweet* will in Kürze einen neuen Schokoriegel auf den Markt bringen. Wenn wir die Kleine in die Serie nehmen, können wir jede Menge Werbeminuten verkaufen."

„Gebongt!", ruft Peter Wetzel und verspricht, sich für „die Kleine" zuckersüße Geschichten auszudenken.

„Übrigens", sagt Claudia Renke-Stöver, „eine geniale Idee, wie die Kleine eingeführt wurde. Ihr unverhofftes Auftauchen wie eine Panne aussehen zu lassen, darauf muss man erst einmal kommen, wirklich genial. Glückwunsch."

Peter Wetzel bedankt sich brav und verschweigt geflissentlich, dass die angeblich geniale Idee nicht von ihm stammt, und ein unerklärlicher Zufall Lena ins Spiel gebracht hat.

„Mistkerl!", zischt Lena.

Claudia Renke-Stöver schmiert ihm noch ein paar Honigworte um den Bart und spricht dann die Einschaltquoten an. Die seien erfreulicherweise seit Monaten stabil, sagt sie. Dreieinhalb Millionen Menschen würden im Schnitt bei *Kurz&Gut* vor der Glotze hocken. In Spitzenzeiten seien es sogar vier Millionen, was einem Marktanteil von satten siebzehn Prozent entspräche.

„Wir sind gut", sagt Marvin.

„Kurz und gut", ergänzt Natalie.

Beide klatschen sich ab, was Lena ausgesprochen affig findet.

„Merkwürdig ist nur, dass sich schon nach exakt viereinhalb Minuten eine halbe Million Zuschauer verabschiedet", fährt Claudia Renke-Stöver fort. Dafür habe man bisher keine plausible Erklärung gefunden und …

„An den Geschichten kann es nicht liegen", sagt Peter Wetzel. „Wir beginnen immer mit sehr viel Action. Immer! Darauf lege ich großen Wert."

„Wie gesagt, wir sind dabei, der Ursache auf den Grund zu gehen. Aber ich wette, dass wir die Einschaltquote noch steigern können, wenn die Kleine in der Serie erst richtig Fuß gefasst hat", erläutert Claudia Renke-Stöver. „Vorausgesetzt natürlich, es werden die entsprechenden Drehbücher geschrieben. Aber bei einem so genialen Geschichtenerfinder wird das wie von selbst flutschen."

„Ich werde mir alle Mühe geben, versprochen", antwortet der Chefautor.

„Mühe allein genügt nicht immer", entgegnet die Werbedame und verabschiedet sich mit einem fröhlichen „Ciao, bello".

„Hat sie mit einem Hund geredet?“, witzelt Lena.

„Bello ist italienisch“, weiß die kluge Natalie. „Es heißt ‚Schöner Mann‘ oder so ähnlich.“

Lena bedankt sich für die Aufklärung, streckt sich, gähnt und flutsch ... Plötzlich wirbeln alle durcheinander: zuckende Leiber wie auf einer Techno-Party. Passend dazu hammerharte Beats im Zehntelsekundentakt.

„Geil“, kreischt Marvin und sucht Halt bei seiner Serienschwester. Beide verlieren das Gleichgewicht und stürzen eng umschlungen wie ein Liebespaar zu Boden. Sie rappeln sich auf, kippen gleich wieder um, und Marvin schreit: „Was ist bloß mit der verdammten Kassette los?“

Lena torkelt wie eine Betrunkene, dreht sich immer rasanter und weiß nicht mehr, wo vorn und wo hinten ist. Für einen Augenblick wird ihr sogar schwarz vor Augen. Sie muss würgen und ...

Voll die Überraschung! Plötzlich sitzt Lena auf dem giftgrünen Flauschteppichboden des Chefgeschichtenerfinders. Ohne Marvin, ohne Natalie und ohne die geringste Ahnung, was gerade passiert ist. Auch Peter Wetzel hat offenbar das Zimmer verlassen. Lena ist mutterseelenallein und guckt sich im Raum um: ein gläserner Schreibtisch, zwei Schreibpulte, ein Regal, voll gestopft mit Büchern und ein Kühlschrank. Zwischen den Papierbergen auf dem Schreibtisch liegen ein gutes Dutzend Packungen Gummibärchen. Lena hört auf einmal ihren Magen knurren. Die Kehle ist ausgetrocknet.

Sie öffnet den Kühlschrank, in dem nur eine einzige Coladose steht, zieht die Lasche ab und trinkt in kleinen Schlucken. Dann mampft sie zwei Päckchen Gummibärchen, rülpst und setzt sich hinter den Schreibtisch. Sie starrt auf den Bildschirmschoner des Computers – ein bunter Sternenregen –, überlegt, ob sie bleiben oder gehen soll und kann sich nicht entscheiden.

Sie greift nach dem Telefon, will ihre Eltern anrufen, lässt es aber nach den ersten zwei Ziffern bleiben, wählt Jennys Nummer und legt nach dem Freizeichen auf. Was soll sie ihr auch erzählen? Etwa: Ich bin in eine Soap eingebrochen und auf dem besten Weg, ein Serienstar zu werden? Palimpalim, wird Jenny antworten.

Lena hat Mühe, die Augen aufzuhalten und große Sehnsucht nach ihrem warmen, weichen Muckelbett. Eigentlich müsste ein Bett oder wenigstens ein Sofa zur Grundausstattung eines Büros für Geschichtenerfinder gehören. Denn wer sich gute Geschichten ausdenken will, muss ausgeschlafen sein und braucht auch zwischendurch ein schöpferisches Schläfchen. So stellt Lena es sich jedenfalls vor. Aber vielleicht hat sie gar nicht den Ort gewechselt, sondern nur die Kassette. Sie hätte zu gerne gewusst, in welcher Wirklichkeit sie sich gerade befindet. Gibt es überhaupt verschiedene Wirklichkeiten? Auf jeden Fall ist sie froh, dass sie augenscheinlich nicht mehr in der Kassette steckt, wenngleich sie Marvin und Natalie ganz doll vermisst.

Sie sperrt den Mund auf wie ein hungriger Wolf, legt die Arme auf die Glasplatte, den Kopf auf die Hände und reist im ICE-Tempo ins Land der Träume.

„Wer schläft denn da an meinem Schreibtisch?"

Lena hebt den Kopf, schlägt die Augen auf und ordnet die rauchige Stimme dem Chefgeschichtenerfinder Peter Wetzel zu. Sie hatte sich den Mann völlig anders vorgestellt: dick, klein und vollbärtig. Stattdessen erblickt sie eine erschreckend dünne Gestalt, fast kahlköpfig, stoppelbärtig und mit einer Stupsnase. An dem dürren Körper schlottert eine rote Jeans und ein schwarzrotes Holzfällerhemd. Die roten Turnschuhe sehen aus, als hätte er sie von seinem Vater geerbt.

„Hi", gähnt Lena.

„Wie kommst du in mein Zimmer?", fragt Peter Wetzel.

„Das wüsste ich selbst gerne", antwortet Lena und öffnet ungefragt eine Packung Gummibärchen. Sie streckt dem Chefgeschichtenerfinder die Tüte hin.

„Danke", sagt er und greift hinein.

Beide kauen genussvoll und grinsen sich an – ein stilles Gummibärcheneinverständnis, das durch das Läuten des Telefons unterbrochen wird.

„Wetzel!" Er fasst sich an die Nase und zieht die Mundwinkel hoch. „Was soll ich denn bitte schön noch alles wissen? Bin ich die Auskunft, oder was? Ich habe keine Ahnung, wie die Kleine heißt, weiß nicht, wo die Kleine wohnt, und wenn es nach mir ginge …"

„Lena Liebermann, Fasanenweg 32."

„Stopf dir noch ein paar von meinen Gummibärchen in den Mund und halt gefälligst die Klappe, während ich telefoniere!"

Besonders helle scheint der Typ nicht zu sein. Lena folgt seiner Anweisung und öffnet geräuschvoll das nächste Päckchen.

„Also noch einmal zum Mitschreiben: Ich habe die Kleine nicht erfunden und weiß daher auch nichts über sie. Ciao, bella." Er hält den Hörer wie ein Wurfgeschoss, murmelt ein paar nicht jugendfreie Beschimpfungen und knallt den Hörer auf.

„Früher wollte ich Schriftsteller werden und dicke Romane schreiben ..." Er seufzt und guckt sehr leidend. „Was willst du denn später mal werden?"

„Erst will ich mal älter werden", antwortet Lena. „Und dann will ich unbedingt noch ein paar Zentimeter wachsen." Sie steht mit einem Ruck auf. „Damit mich niemand, aber auch niemand mehr ‚Kleine' nennt!"

„Ach so", sagt Peter Wetzel gelangweilt und langt nach den Gummibärchen. „Wie groß bist du denn?"

Lena muss nicht lange überlegen. Erst vor ein paar Wochen ist sie von Dr. Jammermann vermessen worden: 162 Zentimeter. Seither ist höchstens einer hinzugekommen. Oder doch zwei? Sie rundet auf 165 Zentimeter auf.

„So, so", sagt Peter Wetzel und stöbert in einem Packen Papier auf seinem Schreibtisch.

„Muss ich es mir bei meiner Größe gefallen lassen, ‚Kleine' genannt zu werden?", brüllt Lena ihn an.

„Natürlich nicht", antwortet der Chefgeschichtenerfinder genervt und lässt ein Blatt nach dem anderen durch eine Papierzerkleinerungsmaschine laufen. Die Streifen landen im Papierkorb.

Lena landet endlich den ersehnten Volltreffer.

„Auch nicht, wenn ich mich versehentlich in eine Soap verirrt habe?", fragt sie. Die Betonung liegt auf versehentlich und verirrt.

„Wie bitte?" Peter Wetzel ist verwirrt.

Er schaltet die Papiervernichtungsmaschine aus und gafft Lena an. Plötzlich weiten sich seine Augen. Er beginnt zu schwitzen und öffnet den obersten Knopf seines Hemdes, schnippt mit den Fingern und brüllt im Kommandoton: „Du rührst dich nicht von der Stelle!"

Voll die Große!

Peter Wetzel telefoniert seit Minuten und lässt Lena dabei keine Sekunde aus den Augen. Lena kann sich nicht erklären, was das hektische Getue bedeutet und kommt sich vor wie eine Verbrecherin.

Logisch! Eine Serieneinbrecherin, aber ohne Absicht. Ob man dafür in den Knast wandert? Sie kichert leise und versucht sich das Knastleben vorzustellen. Vielleicht ist es ähnlich wie zu Hause: Terminplan und Stress total.

Lena schlägt die Beine übereinander und versucht möglichst gelangweilt zu wirken.

„Ja, die Kleine sitzt in meinem Zimmer!“, brüllt Peter Wetzel schon zum vierten Mal in die Sprechmuschel. Dabei wölbt er den schmalen Brustkorb, als habe er gerade einen wichtigen Fernsehpreis gewonnen.

Nach und nach füllt sich das Büro des Chefgeschichtenerfinders: Claudia Renke-Stöver, Ulla Ginsberg und Elisabeth Schwarz starren Lena halb ehrfürchtig, halb fassungslos an und finden anscheinend keine Worte.

„Die Kleine“, bricht Peter Wetzel endlich das Schweigen.

„Unser kleines Problem“, sagt Ulla Ginsberg.

„Die süße Kleine“, sagt Claudia Renke-Stöver.

„Die kleine Vollwaise“, sagt Elisabeth Schwarz.

Dann wechseln sie viel sagende Blicke und versinken wieder in andächtiges Schweigen.

Lena findet, dass es an der Zeit ist, die Fernsehmenschen aufzuklären. Sie räuspert sich geräuschvoll, und gleich wird ihr die volle Aufmerksamkeit zuteil. Ein schönes Gefühl, wenn man mit bescheidenen Mitteln eine derartig große Wirkung erzielen kann.

Sie lächelt sonntagslieb, räuspert sich ein zweites Mal, breitet die Arme aus und sagt mit fester Stimme: „Damit das klar ist: Ich heiße nicht ‚Kleine‘. Ich heiße Lena Liebermann. Habt ihr das kapiert?“

Peter Wetzel nickt eifrig. Ulla Ginsberg zückt Kugelschreiber und Notizblock und notiert sich etwas.

„Süß, die Kleine“, sagt Claudia Renke-Stöver.

Lena springt aus dem Sessel und der Werbedame fast ins Gesicht: „Lena, einfach nur Lena, nichts davor und nichts dahinter!“

Claudia Renke-Stöver weicht einen halben Schritt zurück und murmelt eine Entschuldigung. Elisabeth Schwarz grinst. Ulla Ginsberg schreibt fleißig mit.

„Was haltet ihr davon, wenn wir alles in Ruhe im Besprechungszimmer besprechen?“, schlägt Peter Wetzel vor und reibt sich die Hände.

Die Idee gefällt allen, nur Lena nicht. Sie will nichts besprechen und nicht besprochen werden, nur ihren Magen füllen, aber nicht mit Gummibärchen.

„Ich habe Hunger und Durst“, sagt sie in einem nörgelnden Kindergartenkindton.

„Süß“, sagt Claudia Renke-Stöver.

„Keine Gummibärchen und keine Schokoriegel“, stellt Lena klar.

„Kein Problem“, sagt Peter Wetzel.

Gleich darauf lernt Lena die Kantine des Senders kennen: Ein gläsernes Gewächshaus, voll gestellt mit Pflanzen verschiedener Art.

„Schmeckt's dir?“, fragt Peter Wetzel.

Lena kaut und nickt und wäre gerne allein. Vier Augenpaare schauen ihr beim Essen zu. Zum Nachtisch gibt es weiße Mousse au Chocolat, verziert mit Früchten. Lena könnte noch zwei Portionen verdrücken, mag aber nicht länger unter Beobachtung essen. Sie lehnt sich zurück und will wissen, was nun abgeht.

„Süß, zum Knutschen süß“, sagt Claudia Renke-Stöver und spitzt schon mal die Lippen.

„Wie hast du es eigentlich geschafft, in die Serie einzubrechen?“, fragt Elisabeth Schwarz.

Ulla Ginsberg spielt mit ihrem Kugelschreiber. Der Chefgeschichtenerfinder kaut auf der Unterlippe. Lena zuckt die Achseln.

„Aber du musst doch wissen, wie du zu uns gekommen bist“, drängt die Geschichtenprüferin.

„Also ..." Lena trinkt den letzten Schluck Apfelsaftschorle. „Also das kam so ..." Sie erzählt ausführlich von ihrer Geburtstagsfete und von dem, was sich danach ereignet hat und erntet ungläubiges Staunen.

„Und das sollen wir dir glauben?", fragt Ulla Ginsberg auch prompt.

„Mir doch egal", brummt Lena und bittet um ein zweites Glas Apfelsaftschorle.

„Manchmal ist das Unmögliche das einzig Mögliche", sagt Elisabeth Schwarz. Den Satz versteht möglicherweise niemand so recht, aber alle stimmen ihr zu.

„Für mich wäre im Augenblick eine Mütze voll Schlaf die beste Möglichkeit", sagt Lena grinsend.

„Selbstverständlich", sagt Peter Wetzel. „Der Sender hat verschiedene Gästezimmer. Warten denn keine Eltern auf dich?"

Lena verzieht das Gesicht: „Ich bin doch ein Waisenkind!"

„Echt?" Der Chefgeschichtenerfinder klappt den Unterkiefer auf und zu.

„Geschichten, die das Leben schreibt", sagt Ulla Ginsberg.

Lena fällt ein, dass sie auch frische Klamotten vertragen könnte. Kaum hat sie ihren Wunsch geäußert, da ist er ihr auch schon gewährt. Jedenfalls fast. Zur Erfüllung des Wunsches wird Hans Heim bemüht, ein griesgrämiger, altersloser Mensch mit der bleichen Gesichtsfarbe eines

Magenkranken. Er knabbert an einer Lakritzschnecke und wehrt sich gegen das Ansinnen. Er sei hier zwar als Produktionsassistent, aber nicht als Kleidereinkäufer für irgendwelche wildfremden Gören angestellt.

Peter Wetzel klopft ihm kumpelhaft auf die Schultern und sagt: „Demnächst darfst du ein Schattenbuch schreiben, Harry."

In Hans Heims Gesicht geht die Sonne auf: „Versprochen?"

„Versprochen unter Zeugen!", verkündet der Chefgeschichtenerfinder.

Sofort verwandelt Hans Heim sich in einen diensteifrigen Menschen, der von Lena Kleider- und Schuhgröße sowie Lieblingsfarben erfahren will.

„Was für ein Schattenbuch?", fragt Lena, als Harry gegangen ist. Sie hat den Eindruck, dass Hans Heim gerade mächtig verarscht worden ist.

„Harry hat einen leichten Schatten", spottet Peter Wetzel. „Deshalb darf er mal ein Schattenbuch schreiben." Er lacht wiehernd und haut sich auf die Schenkel.

„Blödmann!", flüstert Lena.

„Aber im Ernst", sagt der Chefgeschichtenerfinder. „Harry ist eigentlich ein armer Hund. Er bildet sich ein, ein genialer Drehbuchautor zu sein. Seit einem halben Jahr arbeitet er hier und nervt mich ständig, denn er will unbedingt Drehbücher schreiben. Beinahe jede Woche legt er mir blödsinnige Entwürfe auf den Tisch."

„Aha … und was ist nun ein Schattenbuch?“, hakt Lena nach.

Claudia Renke-Stöver sondert wieder ihr dämliches „süß“ ab.

Peter Wetzel holt Luft und liefert die Erklärung nach: „Ein Schattenbuch ist … ist ein Buch … na, halt ein Drehbuch, aber kein richtiges. Man lässt es jemanden schreiben, um zu sehen, ob er schreiben kann. Verstanden?“

„Aha.“ Lena gähnt theatralisch, nicht weil sie Peter Wetzels Erklärung zum Gähnen finden, nein, sie ist einfach hundemüde und schläft gleich im Sitzen ein und …

Aus dem Dauergähnen wird plötzlich das Schön-dich-zu-sehen-Grinsen einer hellwachen Lena. Nur etwa zehn Meter von ihr entfernt steht Marvin und guckt sich suchend um. Bärentapsig kommt er auf den Tisch zu.

„Hi!“

Alle begrüßen ihn, wie man eben den Star einer erfolgreichen Soap begrüßt: Küsschen links auf die Wange, Küsschen rechts auf die Wange und das übliche Wie-geht-es-dir-Gefrage.

„Geht so“, brummt Marvin. „Ich suche Hans Heim.“

„Den haben wir zum Einkaufen geschickt“, sagt Peter Wetzel lachend. „Soll er mal wieder für dich die Hausaufgaben erledigen?“

„Ach so“, sagt Marvin und will gleich wieder abdrehen. Vorher nimmt er endlich Lena wahr und zieht ein Woher-kenn-ich-die-bloß-Gesicht.

„Hi“, sagt Lena und lächelt so vertraut, als ob sie zusammen in den Kindergarten gegangen wären.

„Das ist doch die … die …!“ Marvins Lippen beben.

„Die Lena aus dem Fahrstuhl“, hilft sie ihm aus der Gedächtnislücke.

„Genau!“ Marvin atmet erleichtert auf.

„Ihr kennt euch?“ Der Chefgeschichtenerfinder wittert eine Verschwörung und bittet um lückenlose Aufklärung.

Marvin weiß nicht, was aufgeklärt werden soll.

„Ich bin doch die, die in der letzten Folge bei euch eingebrochen ist“, sagt Lena kleinlaut.

„Genau! Ach, und die meinen jetzt, ich hätte dich heimlich … Bin ich denn bescheuert?“ Er stampft auf wie ein trotziger Junge.

„Das glaube ich“, sagt Peter Wetzel. „Ich meine natürlich, ich glaube, dass du nichts mit der Sache zu tun hast. Oder steckt dein Vater dahinter? Ist die Kleine eine Verwandte von euch oder so?“

„Die Kleine heißt Lena und ist keine Verwandte!“ Lena tippt sich gegen die Stirn.

„Manchmal ist das Unmögliche das einzig Mögliche“, wiederholt Elisabeth Schwarz ihren Nachdenksatz, der den Chefgeschichtenerfinder tatsächlich nachdenklich stimmt.

„Natürlich kann ich mich auch irren“, sagt er.

„Lena bleibt in der Serie, vorläufig jedenfalls“, meint Ulla Ginsberg.

„Cool“, sagt Marvin und wendet sich an Peter Wetzel. „Dann musst du unbedingt eine Fahrstuhlgeschichte einbauen …“

„Okay, und der Fahrstuhl ist randvoll mit Schokoriegeln und mittendrin steckt ihr …“ Peter Wetzel rauft sich die letzten Haare.

„Ein süßer Einfall“, meint Claudia Renke-Stöver.

„Feierabend!“, verkündet Elisabeth Schwarz.

„Nicht für mich“, sagt Peter Wetzel. „Ich muss noch neue Geschichten erfinden.“ Grußlos entfernt er sich und streift kurz vor der Tür Marvins Vater Klaus, genauer gesagt, dessen Kugelbauch.

„Kannst du nicht aufpassen!“, faucht der.

„Sorry.“ Der Geschichtenerfinder sieht zu, dass er Land gewinnt.

Marvins Vater stürzt zum Tisch. Sein Gesicht ist so rot wie sein Haarschopf.

„Ach, da ist ja auch die Kleine, die …“

„Lena, einfach nur Lena, nichts davor und nichts dahinter“, unterbricht Lena ihn.

„Die Kleine, die ohne mein Wissen in der letzten Folge aufgetaucht ist“, setzt er unbeirrt sein Geschimpfe fort und zieht einen Packen Papier aus der Innentasche seiner schwarzen Lederweste. Er blättert hin und her, nimmt eine Lesebrille zu Hilfe und liest vor: „Paragraph 12, Absatz c … *eine neue Figur darf nur mit der Zustimmung des Vertragspartners eingeführt werden …*“

Er klatscht den Vertrag auf den Tisch.

„Aber Papa“, murmelt Marvin und wechselt ebenfalls die Gesichtsfarbe.

„Nix Papa, hier bin ich dein Manager, der dein Recht vertritt“, brüllt sein Vater.

Ulla Ginsberg versucht ihn zu beruhigen, aber der Mann lässt sich nicht besänftigen.

„Wenn die Kleine ohne unser Einverständnis in die Serie aufgenommen wird, ist das glatter Vertragsbruch!“

„Aber ich bin doch einverstanden“, murmelt Marvin mit brüchiger Stimme.

Dafür könnte Lena ihn knuddeln und knutschen.

„Blödmann!“, tobt sein Vater. „Merkst du nicht, dass die dich austricksen wollen?“

„Jetzt aber langsam“, sagt Ulla Ginsberg.

„Die Kleine fliegt!“

„Ich heiße nicht Kleine, Sie verdammter Macho!“

Volltreffer! Erst ist Lena über sich selbst erschrocken, dann freut sie sich diebisch, dass sie den Brüllaffen zum Schweigen gebracht hat. Claudia Renke-Stöver lächelt süßlich. Ulla Ginsberg strahlt. Marvin zwinkert Lena zu. Sein Vater grapscht nach dem Vertrag und droht damit einen Anwalt einzuschalten.

„Entweder oder“, sagt er und stapft davon.

Alle gucken ihm betröpfelt hinterher, nur Lena behält ihr Dem-habe-ich-es-aber-gezeigt-Lächeln. Das vergeht ihr erst, als sie sieht, was Hans Heim für sie eingekauft hat: T-Shirts, zwei Jeans, Turnschuhe … Alles in ihrer Lieblingshassfarbe Giftgrün und leider zwei bis drei Nummern zu groß.

„Feierabend“, sagt Elisabeth Schwarz.

„Was machen wir nun mit der … Lena?“ In letzter Sekunde kriegt Ulla Ginsberg die Kleine-Kurve.

„Vielleicht erst einmal schlafen“, gähnt Lena.

Voll die Waise!

Lena hat keine Ahnung, wie lange sie geschlafen hat: Stunden, Tage, Monate oder gar Jahre? Sie weiß es nicht. Immerhin erinnert sie sich vage, wie sie in das Gästezimmer des Fernsehsenders gekommen ist.

Ein Sonnenstrahl tanzt auf der Nasenspitze. Lena schlägt die bonbonfarbene Decke zur Seite, richtet sich auf und schaut sich um. Das Zimmer ist winzig, gerade groß genug für ein Bett, einen zweitürigen Kleiderschrank und einen zierlichen Sessel.

Lena geht unter die Dusche und wählt danach etwas von den schlabbrig-großen, giftgrünen Klamotten aus, die Hans Heim ihr besorgt hat. In die Schule würde sie sich in dem Aufzug nicht wagen, muss sie ja auch nicht. Stattdessen pflanzt sie sich in den Sessel und genießt die Trödelzeit. Leider knurrt bald der Magen. Ob zu der Übernachtung auch ein Frühstück gehört?

Sie öffnet die Tür, starrt auf einen menschenleeren Flur und traut sich nicht auf Frühstückssuche zu gehen. Gut möglich, dass die Fernsehmenschen sie vergessen haben.

Oder steckt sie gerade mal wieder in einer Kassette? Oder träumt sie mit offenen Augen? Oder ...

„Ausgeschlafen?" Hans Heim gelingt sogar ein Lächeln. Der Produktionsassistent stellt ein Tablett mit O-Saft und belegten Brötchen auf dem Bett ab und schaut Lena mit einem Wo-bleibt-das-Trinkgeld-Blick an.

Ist der Junge durchgeknallt? Oder was will er noch von ihr? Lena bedankt sich artig. Hans Heim scheint der mündliche Dank nicht zu genügen. Er rührt sich nicht vom Fleck, seufzt ein paar Mal, leckt sich die Lippen, seufzt wieder und geht zum Fenster.

„Ist was?", fragt Lena kurz angebunden und beißt in eine Käsesemmel.

„Du könntest mir eventuell helfen", sagt Hans Heim mit einschmeichelnder Stimme und dreht sich zu Lena um.

„Wie denn?"

„Also ..." Hans Heim senkt den Blick. „Ich möchte Drehbücher schreiben. Aber die geben mir einfach keine Chance."

„Und was ist mit dem Schattenbuch? Peter Wetzel hat es doch versprochen." Lena kaut auf beiden Backen und blickt nicht durch. Wozu erzählt Hans Heim ihr den ganzen Stuss? Will er sich bei ihr auskotzen?

„Peter Wetzel ist ein Schwätzer!", knurrt er. „Was der mir schon alles versprochen hat ... Der gibt mir niemals eine Chance. Und weißt du auch, warum nicht?"

Lena hält es nicht aus, von Hans Heim angestarrt zu werden und schüttelt den Kopf.

„Weil ich nämlich besser bin als Peter Wetzel", fährt Hans Heim fort und lacht bitter. „Viel besser, darum hat er Angst, dass ich ihn ausstechen und selbst Chefautor werden könnte. Also ich könnte es werden, wenn ich dürfte, weil – in aller Bescheidenheit – ich bin einfach gut. Verstehst du?"

„Verstehe." Lena gähnt und versteht nicht, was Hans Heim ihr sagen will. Anscheinend hat er niemanden zum Reden und Zuhören. Aber sie ist nicht besonders erfreut darüber, dass er sich ausgerechnet sie als Zuhörerin ausgeguckt hat. Jedenfalls nicht so kurz nach dem Aufstehen.

„Ich könnte, wenn ich dürfte", wiederholt Hans Heim. „Weil ich es nämlich schon bewiesen habe. Ohne mich ..." Er senkt die Stimme. „Ohne mich könnte Peter Wetzel einpacken." Er tritt nah an sie heran. „Kannst du schweigen?"

Lena zieht die Augenbrauen hoch und nickt. Wirklich schön wäre, wenn Hans Heim diese Gabe besitzen würde.

„Gut", sagt der Produktionsassistent. „Dann will ich dir etwas anvertrauen. Peter Wetzel klaut meine Ideen!"

„Echt?" Trägt Hans Heim jetzt nicht ein bisschen dick auf? Andererseits traut sie dem Chefgeschichtenerfinder jede Schweinerei zu.

„Er klaut sie aus meinen Entwürfen, die ich ihm manchmal vorlege", ergänzt Hans Heim.

„Aber das ist doch verboten, oder?"

„Ich kann nichts dagegen tun." Hans Heim seufzt und schaut aus, als wolle er sich um den Titel „Traurigster Mensch der Welt" bewerben. „Das ist nämlich so. Peter Wetzel hat mich in der Hand, weil … weil … Es muss aber wirklich unter uns bleiben!"

„Versprochen!", sagt Lena.

„Na gut. Peter Wetzel hat mich in der Hand, weil er was von mir weiß. Ich habe manchmal einen Heißhunger auf Lakritze. Genau genommen bin ich süchtig nach dem Zeug. Also, der Wetzel hat mich ein paar Mal erwischt, wie ich nachts in der Kantine Lakritze …"

„… geklaut?"

„Genau!"

„Und deshalb klaut er deine Ideen", sagt Lena.

„Wenn du Peter Wetzel bittest, mich in das Autorenteam aufzunehmen, dann kann er schlecht ablehnen. Ich glaube, du bist für die ziemlich wichtig, weil die Zuschauer dich mögen und weil sie mit dir jede Menge Kohle machen können", bringt Hans Heim endlich sein Anliegen über die Lippen.

„Ich?" Lena trinkt Saft und kann es nicht fassen. Sie soll wichtig sein für die Soap? Und was meint er mit „Kohle machen"? Und selbst wenn es der Fall wäre, wie könnte sie dann Hans Heim helfen?

„Wie können die denn mit mir Geld verdienen?", fragt sie.

„Weil wahrscheinlich die Einschaltquote höher wird, wenn du mitspielst, weil viele Zuschauer dich mögen, und weil damit die Werbeminuten teurer werden. Verstehst du?“

„Kann sein“, sagt Lena.

„Bitte“, sagt Hans Heim und faltet die Hände. „Ich habe eine Menge Ideen. Wenn man mich nur endlich ließe! Ich ...“

Ohne anzuklopfen schneit Ulla Ginsberg herein. Die Produzentin starrt gierig auf das Tablett, auf dem noch zwei Schinkenbrötchen liegen, schluckt und wendet sich Hans Heim zu, der seltsame Grimassen schneidet und fluchtartig das Zimmer verlässt.

„Wollte der was von dir?“, fragt Ulla Ginsberg. „Nimm dich bloß vor dem in Acht. Der labert jeden voll, was für ein genialer Schreiber er ist. Ich habe ja noch nie etwas von ihm gelesen, aber ich kann mir nicht vorstellen, dass der Kerl überhaupt ein Komma von einem Punkt unterscheiden kann.“

Voll das Geschwätz am frühen Morgen! Lena greift nach dem vorletzten Schinkenbrötchen. Ulla Ginsberg quasselt etwas von einer Diät, die sie seit vier Wochen vom Essen abhalte, ihr aber bisher noch nichts gebracht habe.

Lena versteht nicht, wo Ulla Ginsberg abnehmen will. Sie ist gertenschlank und sollte lieber ein paar Pfund zulegen.

„Iss nur in Ruhe auf", sagt die Produzentin und wirft einen Schmachtblick auf das letzte Schinkenbrötchen. Lena reicht ihr das Tablett. Ulla Ginsberg verdreht die Augen, schnauft heftig und langt zu.

„Lecker", sagt sie, nachdem sie aufgegessen hat und kommt endlich zur Sache. Sie bittet Lena ins Besprechungszimmer.

„Ich habe sowieso nichts Besseres vor", brummt Lena.

Der Chefgeschichtenerfinder und vier weitere Geschichtenschreiber warten schon auf sie. Peter Wetzel begrüßt die „Kleine" überschwänglich und ...

„Lena, einfach nur Lena! Ist das so schwer zu kapieren¿"

Peter Wetzel errötet, hebt entschuldigend die Hände und stellt die anderen Schreiberlinge vor: Zwei Frauen und zwei Männer, Friederike Lenz, Julia Bauer, Manni Thaler und Gisbert Jung.

„Das also ist unser Problemkind", sagt Friederike Lenz und fährt sich durch die schwarz gelockten Haare.

„Das Überraschungskind", sagt Julia Bauer und schüttelt ihren roten Stachelkopf.

Die Männer hüllen sich in Schweigen und die anderen in Qualm. Manni Thaler zieht in kurzen Abständen an einer dicken Zigarre. Gisbert Jung hat eine Zigarette zwischen den schmalen Lippen. Lena hüstelt. Ulla Ginsberg reißt ein Fenster auf. Friederike Lenz holt einen Packen Papier aus ihrer schwarzen Umhängetasche und knallt die handbeschriebenen Blätter auf den Tisch. Sie habe die ganze Nacht durchgearbeitet, behauptet sie.

„Das haben wir alle“, sagt Manni Thaler und legt die Zigarre im Aschenbecher ab.

Gisbert Jung hantiert an seinem Laptop. Julia Bauer blättert in einem Aktenordner.

„Wer fängt an?“, fragt Peter Wetzel.

„Ich habe für unser Problemkind einen Lebenslauf geschrieben“, sagt Friederike Lenz und zupft am Kragen ihres schwarzen T-Shirts, das auf dem Rücken die Aufschrift: *Alles wird gut! Kurz&Gut* hat. „Unser Problemkind wird demnach …“

Bei Lena sträuben sich die Nackenhaare. Sie hebt ab wie eine Rakete und haut die Faust auf den Tisch: „Ich bin kein Problemkind und kein Überraschungskind. Ich bin überhaupt kein Kind. Ich bin die Lena!“

Gisbert Jung nimmt den Glimmstängel aus dem Mund, seine randlose Brille von der Nase und nickt Lena verständnisvoll zu. Peter Wetzel stöhnt auf. Friederike Lenz schiebt die Unterlippe über die Oberlippe, als habe sie Angst, es könne ein falsches Wort über die Lippen kommen.

„Okay, das wäre nun hoffentlich ein für alle Mal geklärt“, sagt der Chefgeschichtenerfinder. „Wir haben nicht ewig Zeit!“

„Habe also einen Lebenslauf für … für Lena geschrieben“, nuschelt Friederike Lenz.

„Lauter!“, brüllt Peter Wetzel und schaut auf seine Armbanduhr.

„... geschrieben“, wiederholt Friederike Lenz leise.

„Und wie bin ich bisher durchs Leben gelaufen?“, fragt Lena.

„Du kriegst gleich die rote Karte gezeigt, wenn du noch einmal deinen Senf dazugibst!“ Peter Wetzels Unterkiefer mahlen angestrengt. Und als ein Handy fiept, flippt er total aus. Beim Aufstehen reißt er den Stuhl um, hüpft herum wie ein durchgeknalltes Rumpelstilzchen und brüllt: „Verdammt und zugenäht, wie oft muss ich es noch sagen: Während der Besprechung gilt absolutes Handyverbot!“

„Sorry“, murmelt Julia Bauer, denn in ihrer Handtasche steckt der Störenfried. Die anderen greifen fast zeitgleich nach ihren Handys und schalten sie ab.

Friederike Lenz darf endlich den für Lena erfundenen Lebenslauf vorlesen: „Lena hat mit drei Jahren ihre Eltern bei einem Verkehrsunfall verloren. Bis zur Einschulung lebt sie bei ihrer Großmutter, die aber auch stirbt. Dann wird Lena in ein Waisenhaus eingewiesen. Sie kriegt eines Tages Stress mit einer neuen Erzieherin und haut ab ...“

Friederike Lenz trinkt einen Schluck Wasser, will weiterlesen, wird von Peter Wetzel unterbrochen.

„Dafür hast du eine ganze Nacht drangehängt?“, fragt er und runzelt die Stirn.

Friederike Lenz gibt sich geschlagen, verschränkt die

Arme und starrt die Decke an. Der Chefgeschichtenerfinder meint, dem Lebenslauf fehle das gewisse Etwas, kann aber nicht erklären, was er sich darunter genau vorstellt.

„Vollwaise wird man, wenn beide Elternteile tot sind! Oder sehe ich das falsch?", blafft Friederike Lenz. „Menschen sterben entweder an Altersschwäche oder an einer Krankheit oder sie werden umgebracht oder sie bringen sich um oder sie kommen bei einem Unfall ums Leben. Aber gibt es auch einen Tod mit einem gewissen Etwas?"

Julia Bauer und Ulla Ginsberg kichern. Manni Thaler und Gisbert Jung verziehen keine Miene. Peter Wetzel zieht es ans Fenster, wo er ein paar gymnastische Übungen vollführt. Das Besprechungszimmer verwandelt sich auf einmal in einen Raum der Stille.

„Palimpalim", juhut Lena nach zwei, drei Minuten, weil sie die bedrückende Ruhe nicht länger aushält.

„Palimpalim", sagt Julia Bauer und lächelt.

„Palimpalim", singt Ulla Ginsberg.

Voll das Palimpalimpalaver! Ein Zauberwort, das die Spannung löst und alle in eine fröhliche und ausgelassene Stimmung versetzt. Auch Manni Thaler und Gisbert Jung tauen auf. Manni Thaler steigt sogar auf seinen Stuhl und klatscht rhythmisch in die Hände. Lena fühlt sich an ihre Kindergartenzeit erinnert und hat eine Idee. Eine Polonaise durch den Sender käme vielleicht gut rüber. Sie geht zur Tür, öffnet sie sperrangelweit und bedeutet Ulla Ginsberg, die Hände auf ihre Schultern zu legen. Die kapiert sofort, was Lena vorhat. Julia Bauer ist die nächste Handauflegerin, dann folgen Manni Thaler, Gisbert Jung und Friederike Lenz. Nur Peter Wetzel benötigt eine Extraeinladung seiner Produzentin.

„Palimpalim ...“, schallt es durch den Gang und hört sich an wie ein Schlachtruf. „Palimpalim ...“

Bürotüren werden geöffnet, entsetzte Gesichter werden sichtbar. Einer Sekretärin rutscht die Kaffeetasse aus der Hand. Ein gelb beschlipster Mann schließt sich spontan dem Zug an.

„Ja, ist denn schon Karneval?“, fragt eine Frau.

„Palimpalim ...“

Lena führt den Zug in ein Büro, umkreist einen Schreibtisch und einen Mann, der gerade auf Moorhühner schießt, läuft wieder auf den Flur und ...

„Großer Gott!“ Ein dunkel gekleideter Mann, sonnenstudiogebräunt und mit schütteren, weißen Haaren, versperrt ihnen mit ausgebreiteten Armen den Weg.

„Oh“, entfährt es Ulla Ginsberg. „Voll peinlich, unser Boss.“

„Tagchen, Herr Boss“, sagt Lena und streckt dem Mann die Hand entgegen.

„Ich hätte gerne eine Erklärung“, sagt der Boss und übersieht die ausgestreckte Hand.

„Selbstverständlich, Herr Dr. Lüders“, antwortet Ulla Ginsberg und dreht sich nach Peter Wetzel um, der sich hinter Manni Thaler und Gisbert Jung versteckt hält.

„Na los“, drängt Dr. Lüders. „Unser Sender ist schließlich kein Karnevalsverein!“

Peter Wetzel tritt vor den Chef und legt los. Man sei gerade dabei, neue Geschichten für *Kurz&Gut* zu erfinden. Um die Fantasie anzuregen, habe er einmal neue Wege beschreiten wollen. Die Methode stamme aus Amerika. Alle Geschichtenschreiber würden sie dort mit großem Erfolg anwenden. Man müsse sich zwanglos geben und wieder Kind werden. Dadurch würden die Gehirnzellen angeregt und …

„Sehr gut, ich freue mich immer, wenn meine Mitarbeiter die tägliche Herausforderung annehmen“, sagt Dr. Lüders und wünscht einen erfolgreichen Resttag.

Bei Lena hat Peter Wetzel sich den verbliebenen Rest an Sympathie verscherzt, weil sie es oberfies findet, wie der Stinker ihre Idee als seine eigene verkauft.

Ulla Ginsberg kriegt sich vor Begeisterung kaum noch ein. Peter Wetzels Einfall habe ihnen allen das Leben gerettet, verkündet sie mit großer Geste.

Sie kehren in das Besprechungszimmer zurück und besprechen den Fortgang der Geschichte. Es bleibt bei der Waisenhaus-Story, die von Gisbert Jung ergänzt wird: Die Familie Kurz berät lange, ob sie die Polizei oder das Waisenheim anrufen sollen. Marvin setzt sich für Lena ein, während Natalie zunächst gegen sie stänkert. Schließlich einigen sie sich darauf, Lena eine Chance und ein Zuhause zu geben, womöglich für immer …

„Echt zum Heulen", sagt Lena.

„Ein guter Anfang", meint Peter Wetzel und verteilt die Aufgaben an die anderen Geschichtenschreiber, die er ein paar Mal Storyliner nennt. Jeder muss sich bis übermorgen fünf Geschichten ausdenken, die dann von Elisabeth Schwarz geprüft und an die Dialogschreiber geschickt werden.

„Wow! Und was sind Dialogschreiber?", quatscht Lena dazwischen.

„Davon haben wir zwölf", erklärt Ulla Ginsberg. „Die sitzen überall im ganzen Land verteilt, schreiben zu den erfundenen Geschichten die Dialoge, und fertig ist das Drehbuch."

„Dialoge sind die wörtliche Rede", ergänzt Julia Bauer.

„Vielen Dank", sagt Lena mit einem süßsauren Lächeln. „Ich dachte schon, es wäre eine wirklich ansteckende Krankheit!"

„Iiiiiiiiiihhhhhh ...!" Julia tritt plötzlich wild um sich. „Eine Maus!"

Alle bücken sich und suchen nach der vermeintlichen Maus. Peter Wetzel wird leichenbleich, springt auf den Tisch und brüllt: „Ich habe eine Mäuseallergie!"

Auch Gisbert fängt an zu schreien und drückt sich ängstlich in eine Ecke.

Auf einmal stürzt Dr. Lüders ins Zimmer. „Bedeutet das Geschrei, dass Sie wieder so eine amerikanische Idee ausprobieren?", will er wissen.

„Nein, nur der ganz normale Mäusewahnsinn“, antwortet Lena und huscht hinaus. Sie hat die Faxen dicke und Hunger. Die Fernsehmenschen scheinen nur sehr selten zu essen. Sie fragt einen Mann nach dem Weg zur Kantine, läuft zum Aufzug und direkt in ein freches Grinsen. Voll der Zufall!

Voll erwischt!

„Hi!“ Marvins Grinsegesicht lässt Lenas Herz schneller schlagen. Wahrscheinlich grinst er, weil sie in den Klamotten verboten aussieht.

Lena verbirgt ihre Verlegenheit und die Hände in den Hosentaschen ihrer Schlabberhosen. Marvin bietet ihr einen Kaugummi an, den sie dankend annimmt. Schweigend warten sie auf die Ankunft des Fahrstuhls.

„Ich will in die Kantine“, sagt Lena, als sie gemeinsam den Lift betreten.

„Ich auch“, sagt er und reibt sich den Bauch. „Wir haben den ganzen Vormittag gedreht.“

Der Aufzug surrt los und …

„Scheiße, wir stecken fest!“ Marvin boxt die rechte Faust in die flache Hand.

„Gib zu, du hast magische Kräfte und kannst Fahrstühle anhalten, wann immer du willst“, sagt Lena.

„Anhalten ja, aber nicht wieder in Bewegung setzen“, antwortet er. „Den Trick beherrsche ich leider noch nicht.“

Diesmal wirkt er ziemlich cool, kein Anflug von Panik. Lena drückt auf den Alarmknopf. Gleich darauf ist eine Frauenstimme zu hören. Marvin schildert gelassen das Problem. Die Frauenstimme verspricht sofort Hilfe herbeizuholen

Lena kauert sich in eine Ecke, zieht die Beine an, umschlingt sie mit den Armen, bettet den Kopf auf die Knie und hofft, dass Marvin sich ebenfalls setzt. Erst steht er unschlüssig herum, dann nimmt er neben ihr Platz.

„Dein Papa war ja ganz schön stinkig auf mich", sagt Lena. „Hat er sich wieder abgeregt?"

„Mich nervt er manchmal auch", antwortet Marvin. „Wenn er nicht mein Papa wäre, würde ich mir einen anderen Manager suchen. Er ist in letzter Zeit total misstrauisch geworden. Klarer Fall von Verfolgungswahn. Überall wittert er Betrug und Fallen. Na, mir doch egal. Ich freue mich jedenfalls ganz doll, wenn du bei uns mitspielst. Mein Dad wird sich bestimmt wieder beruhigen."

„Freut mich, dass du dich freust", sagt Lena. „Sie sind schon dabei neue Geschichten zu erfinden." Dann erzählt sie, was sie mit den Geschichtenerfindern erlebt hat.

„Die haben alle eine Macke", meint Marvin.

„Palimpalim", sagt Lena.

„Und du hast wirklich keine Ahnung, wie du in die Soap gekommen bist?"

„Absolut nicht!" Lena hebt den Kopf und lehnt ihn an Marvins Schulter. Es wäre wunderschön, wenn er sie jetzt in die Arme nehmen und streicheln würde. Sie ist gerade sehr sehnsüchtig nach Kuscheln und Knuddeln. Ein paar Streicheleinheiten könnten ihr vielleicht gegen die Traurigkeit helfen, die ihr auf einmal unter das T-Shirt gekrabbelt ist wie ein eklige Spinne.

„Du bist sehr nett …"

Lena hebt den Kopf. Hat er sie gemeint? Oder redet er mit sich selbst und denkt gerade an ein anderes Mädchen?

„Du auch", sagt sie im Flüsterton und greift nach seiner Hand, die sich anfühlt wie ein Eisklumpen. Und dann legt er den Arm um ihre Schulter, dreht sich zu ihr und küsst sie. Tausend Gedanken schießen ihr durch den Kopf. Der erste Kuss! Sie hat keine Ahnung, wie sie sich verhalten muss. Die Augen schließen, logisch! Im Fernsehen und im Kino küssen sie immer mit geschlossenen Augen. Aber warum? Sie möchte ihm in die Augen sehen beim Küssen. Seine sind zu. Okay, wenn er es so mag, kann sie ihn ja auch blind küssen.

Voll das Knutschgefühl!

Minutenlang oder noch länger. Sie verliert jegliches Zeitgefühl, wird atemlos, presst die Lippen aufeinander und spürt auf einmal seine Zungenspitze. Für einen Augenblick geht ihr tatsächlich die Luft aus. Sie zieht den Kopf zurück, atmet ein und aus. Sein Mund findet wieder ihren Mund, und er probiert zu züngeln. Sie öffnet die Lippen. Nur noch wenige Millimeter bis zur Marvin-Lena-Zungenvereinigung. Der ersten behutsamen Berührung folgt der schnelle Rückzug. Aber wie von selbst stoßen ihre Zungen in der nächsten Sekunde wieder zusammen. Ein zärtliches Zungenspitzenkitzelspiel beginnt. Lena wünscht sich, dass es für immer so bleiben würde und …

Voll das Gelächter!

Ulla Ginsberg, Elisabeth Schwarz, Natalie und ein schwergewichtiger Typ in einem Blaumann lachen sich einen ab und sparen nicht mit ätzenden Sprüchen.

„Gebt schon zu, ihr habt den Fahrstuhl mit Absicht angehalten, damit ihr ungestört knutschen könnt“, gackert Ulla Ginsberg.

„Wie finde ich das denn? Mein Serienbrüderchen knutscht mit der Neuen!“, johlt Natalie.

„Eine ausbaufähige Geschichte“, meint Elisabeth Schwarz.

Nur der Blaumann sondert keinen Spruch ab. Marvin ist als Erster auf den Beinen und zeigt Natalie den Stinkefinger, dann stürmt er davon. Kein besonders cooler Abgang, findet Lena.

„Typisch Männer, wenn's brenzlig für sie wird, hauen sie ab“, sagt Elisabeth Schwarz und zwinkert Lena zu.

Die kann sich denken, was die Geschichtenprüferin damit meint.

Natalie begleitet Lena in die Kantine. Sie habe gerade Drehpause und ein Riesenloch im Magen, sagt sie.

„Ich …“, setzt Lena an, aber Natalie entpuppt sich als

Dauerquasslerin, die viele Fragen stellt, aber nicht wirklich eine Antwort hören will. Ob Lena schon einmal geschauspielert habe. Wie sie es geschafft habe, in die Serie einzubrechen. Ob sie sich beim Fernsehen auskenne. Ob sie dies, ob sie das …

Lena schaltet auf Durchzug und guckt gleich bleibend freundlich. Bei Kartoffelsalat und Frankfurter Würstchen verstummt Natalie endlich, mal abgesehen von den Schmatz- und Quietschgeräuschen, die sie beim Kauen und Schneiden der Wurst verursacht. Seltsam, in der Serie gibt Natalie sich völlig anders: meist altklug und auf Höflichkeit und gute Umgangsformen bedacht. Vielleicht meint sie, sie müsse im wirklichen Leben das Gegenteil darstellen.

„Darf ich dich auch mal was fragen?“, sagt Lena.

Natalie schlägt die Gabel gegen den Tellerrand und antwortet mit vollem Mund: „Klaro, immer!“

„Ich würde gerne mal beim Drehen zugucken! Darf ich?“

„Kein Problem. Du gehörst ja jetzt sowieso zu uns. Ich nehme dich nach der Pause mit.“ Natalie rülpst und genießt es sichtlich, von den Leuten an den Nebentischen angestarrt zu werden.

Lena beugt sich schamtief über ihren Teller mit Spagetti Bolognese und findet Natalies Auftritt nicht sehr komisch. Sie würde gerne auf ein Dessert verzichten, aber Natalie besteht auf Vanilleeis mit heißen Himbeeren.

Lena entscheidet sich für den Karamellpudding. Natalie kann sogar beim Eisessen schmatzen. Anschließend leckt sie die Schale aus wie eine ausgehungerte Katze. Kein besonders appetitlicher Anblick, findet Lena und denkt an das Geklecker zwischen Jenny und Jonas an ihrem Geburtstag.

Auf dem Weg zum Aufnahmestudio erzählt Natalie im Stil einer Fremdenführerin: „Im Jahr werden 250 Folgen von *Kurz&Gut* gedreht, jeweils 25 Minuten. Und weißt du auch, wie teuer eine Sendeminute ist?"

„Woher soll ich das wissen?", knurrt Lena. „Aber du wirst es mir sicher gleich verraten!"

Voll das Zahlenmonster!

Natalie rattert die Zahlen herunter und schnippt dabei mit den Fingern wie eine Erstklässerin: Eine Sendeminute koste ungefähr 3 500 Euro. Das sei aber sehr billig, denn die Sendeminute für einen *Tatort* kostet zum Beispiel 13 000 Euro.

„Wow!" Lena spielt die Erstaunte, obwohl sie keine Vorstellung hat, was sich hinter den Zahlen verbirgt.

„Unglaublich, einfach unglaublich", fährt Natalie fort. „Eine Soap-Folge kostet also so um die schlappe 87 500 Euro."

„Toll", sagt Lena und atmet auf, als sie endlich das Studio erreichen: ein rechteckiger Bau aus Wellblech von der Größe eines Fußballfeldes. Die Tür steht offen.

„Hier drinnen ist alles aufgebaut", erklärt Natalie.

„Wohnzimmer, mein Zimmer, Marvins Zimmer, Bastians Zimmer, sogar die Tankstelle und …"

„Hi!" Ein Junge in einem ölverschmierten Overall tritt auf sie zu.

Lena erkennt ihn sofort: der Autofreak Bastian.

„Wer is'n die?", fragt er seine Serienschwester Natalie.

„Die Neue", sagt Natalie.

„Hi Neue", grient Bastian und flitzt davon.

„Natalie, bitte sofort in die Maske", ertönt auf einmal eine Lautsprecherstimme.

„Sorry", ruft Natalie und rennt auch weg.

Lena erkundet die Serienwelt auf eigene Faust. Die große Halle ist in viele kleine Hallen aufgeteilt. Vor einer Tür leuchtet ein roter Schriftzug: Ruhe! Aufnahme!

Soll sie es wagen oder nicht? Katzenleise legt sie die Hand auf die Türklinke, muss kräftig drücken, schafft es, die Stahltür einen Spaltbreit zu öffnen, linst durch die Öffnung und blickt in ein geheimnisvolles gelbes Licht.

Weit entfernt hört sie Stimmen, die sie erst allmählich zuordnen kann. Eine gehört zu Marvin, die andere zu Christina Kurz, Marvins Serienmutter.

„Gestorben!", brüllt plötzlich jemand dazwischen. „Wir machen gleich weiter mit der nächsten Szene."

Jetzt oder nie! Lena stößt die Tür auf und platzt in das Studio. Auf Zehenspitzen schleicht sie näher. Niemand bemerkt sie. Marvin bekommt gerade von einer jungen Frau die Stirn gepudert. Christina Kurz unterhält sich mit einem glatzköpfigen Mann, der auf einmal in die Hände klatscht.

„Es geht weiter!", brüllt er mit Donnerstimme. „Kamera klar?"

„Ich brauch mehr Licht!", schreit einer.

Wie von Zauberhand wird es heller.

„Nur nicht übertreiben", ruft der, der mehr Licht wollte.

Es wird eine Spur dunkler.

„Besser so?"

„Viel besser."

„Können wir endlich?"

„Wir können."

„Kamera klar?"

„Kamera klar!"

„Ton klar?"

„Ton klar!"

Lena wagt sich noch ein paar Schritte vor und hat nun die Wohnzimmerkulisse vollkommen im Blick. Marvin lümmelt auf der zerschlissenen Couch. Christina Kurz steht an einem Bügelbrett. Ein junger Mann tritt vor eine Kamera und schlägt eine hölzerne Klappe: *Kurz&Gut*, 428. Folge, Szene 23 …"

„Und Äktscheeen …", verlangt der Glatzkopf.

Christina Kurz beginnt mit dem Bügeln. Marvin springt von der Couch auf, stellt sich hinter seine Serienmutter und sagt: „Alle meine Freunde fahren in den Ferien weg. Nur ich muss zu Hause verblöden."

„Ich krieg gleich die Krise!", schnaubt Christina Kurz und stellt das Bügeleisen ab. „Dein Vater hat die Steuerfahndung am Hals. Natalie nervt mit ihrem Ballettunterricht. Jonas haben sie beim Klauen erwischt. Ich …"

Voll die Nies-Panne!

„Scheiße!", kreischt der Glatzkopf und guckt sich suchend um. „Wer war das?"

Natürlich meldet sich niemand, auch Lena nicht, und möglicherweise wäre sie unentdeckt geblieben, wenn sie nicht noch einmal hätte niesen müssen. Diesmal hält sie die Hand vor den Mund, was ihr aber nichts nützt. Mit einem Satz ist der Glatzkopf bei ihr. Das schwarze Jeanshemd spannt über seinem dicken Bauch.

„Verdammter Mist, wer bist du denn?"

„Die Neue", wispert Lena.

„Interessiert mich nicht", schnarrt der Regisseur. „Ob neu oder alt, du hast hier nichts verloren und nichts zu suchen."

„Sorry", sagt Lena mit Piepstimme. „Ich habe mich verlaufen." Dabei schielt sie zu Marvin. Ist er von den vielen Scheinwerfern geblendet, sodass er sie nicht erkennt oder ist er einfach nur feige?

„Sieh bloß zu, dass du Land gewinnst." Der glatzköpfige Regisseur nestelt an seinem roten Halstuch.

„Sorry", wiederholt Lena und ist von Marvin schwer enttäuscht. Dabei haben sie vor nicht einmal einer Stunde heftig miteinander geknutscht. Sie dreht sich um und bewegt sich langsam in Richtung Ausgang. Ein Superzeitlupengehen, damit Marvin die Chance hat, sie noch einzuholen.

„Nicht einschlafen!“, brüllt der Regisseur ihr hinterher.

Plötzlich spürt sie eine Hand auf der Schulter. Der Brüllaffe? Oder ...

„Hab dich gar nicht erkannt“, hört sie einen kurzatmigen Marvin. „Die Scheinwerfer ...“

„Macht doch nichts“, sagt Lena.

Dann ist der Regisseur bei ihnen und schreit Marvin schneckenklein: „Niemand von uns ist zu seinem Vergnügen hier. Wo kämen wir denn hin, wenn jeder seine Freundin zum Drehen mitbringen würde. Weißt du eigentlich, wie teuer eine Sendeminute ist?“

„Ungefähr 3 500 Euro“, sagt Lena.

„Genau!“ Der Regisseur fährt sich über die blank polierte Glatze und fügt in fast freundlichem Ton hinzu: „Dann wollen wir mal wieder an die Arbeit gehen.“

„Ciao“, sagt Marvin und küsst Lena auf die linke Wange.

„Ciao.“ Lena schwebt watteleicht aus dem Studio und zurück in die Kantine. Bei einer Cola und einem Schokoriegel findet sie sich und Marvin nur supigut.

Anschließend verschwindet sie auf der Toilette. Dort wird sie Ohrenzeugin eines Gesprächs.

„Hallo Ulla, ich habe eine umwerfende Neuigkeit“, sagt Claudia Renke-Stöver.

„Dann schieß mal los“, antwortet Ulla Ginsberg.

„Also …“ Der Wasserhahn wird aufgedreht.

Lena sitzt wie angewachsen auf der Klobrille und sperrt den Mund auf. Besonders toll findet sie es nicht, fremde Gespräche zu belauschen. Sie könnte ja mal einen Laut von sich geben und …

„Also unser Problem heißt Marvin!“, verkündet Claudia Renke-Stöver triumphierend.

Nun hat Lena keine Lust mehr, sich bemerkbar zu machen. Wenn es um Marvin geht, muss sie einfach den unfreiwilligen Lauschangriff durchziehen.

„Wir wissen jetzt, warum nach viereinhalb Minuten 500 000 Menschen zu anderen Programmen zappen“, sagt die Werbedame.

„Und warum?“, will Ulla Ginsberg wissen.

„Wir haben die letzten hundert Folgen geprüft“, sagt Claudia Renke-Stöver. „Nach zwei bis drei Minuten erfolgt immer der erste Auftritt von Marvin, und flutsch laufen uns die Zuschauer weg. Das kann doch kein Zufall sein.“

„Bestimmt nicht“, schnauft Ulla Ginsberg. „Danke für die Information. Wir werden das Problem lösen. Wir werden …“

Der Rest des Satzes versickert im Abfluss des Waschbeckens.

Lena bleibt noch lange auf der Toilette sitzen und zerbricht sich den Kopf, was die Produzentin wohl unter einer „Lösung“ versteht.

Voll der Hammer!

Lena hat sich in das Gästezimmer zurückgezogen und grübelt noch immer über Ulla Ginsbergs Worte nach. Marvin ist in Gefahr! Das spürt sie. Sie muss ihn warnen und ...

„Störe ich?“ Ulla Ginsberg lächelt honigkuchensüß.

„Ja“, brummt Lena. „Und außerdem könnte man vorher auch anklopfen.“

„Holla, der jungen Dame ist anscheinend eine Laus über die Leber gelaufen. Hast du etwa Liebesstress mit Marvin?“ Die Produzentin lächelt anzüglich.

Voll die doofe Ziege!

Lena gibt sich alle Mühe nicht zu explodieren. Sie zählt in Gedanken bis zehn und kriegt auf diese Weise ihre Wut in den Griff.

„Peter Wetzel und die anderen Autoren waren extrem fleißig“, sagt Ulla Ginsberg. „Und die Dialogschreiber sind auch schon an der Arbeit. Kannst du eigentlich schnell auswendig lernen?“

„Soll ich ein Gedicht aufsagen?“, fragt Lena missmutig.

„Wenn du magst." Die Produzentin setzt sich in den Sessel und schlägt die Beine übereinander.

Lena mag nicht das Äffchen spielen und lässt Ulla Ginsberg einfach sitzen. Bevor die Produzentin sie einholen kann, fährt Lena ihr im Fahrstuhl davon.

Sie schlendert zum Aufnahmestudio und trifft dort auf Natalie, die sofort losplappert. Sie habe endlich Feierabend, müsse aber noch jede Menge Text für morgen lernen. Aber vorher müsse sie etwas essen und …

„Weißt du, wo Marvin steckt?"

Natalie hat kein Ahnung, dafür aber gleich einen Grund ihr Wissen abzusondern. Man drehe immer mit zwei Teams gleichzeitig. Sie habe heute nichts mit Marvin zu tun gehabt, nur mit Bastian. Morgen …

„Schon gut", unterbricht Lena das Plappermaul und läuft weiter. Sie könnte einen Happen vertragen, hat aber keine Lust, Natalie in der Kantine zu begegnen. Auf ihrem Spaziergang durch den Sender gelangt sie wie zufällig vor Peter Wetzels Büro. Sie pocht gegen die Tür, wartet ab, klopft kräftiger, dreht den Kopf nach allen Seiten und geht hinein. Jetzt fühlt sie sich tatsächlich wie eine Einbrecherin.

Voll der Angstschweiß!

Lena sucht nach einer Versteckmöglichkeit, fände vielleicht Platz in dem Aktenschrank hinter dem Schreibtisch, wird aber von einer älteren Frau angequatscht.

„Abendfeier", sagt die und tippt mit dem Zeigefinger

auf das Glas ihrer Armbanduhr. Sie schiebt einen Staubsauger und einen großen Müllsack ins Zimmer.

„Sofort", sagt Lena und schnappt sich einen Aktenordner.

„Schöne Feier am Abend", wünscht die Putzfrau höflich.

„Danke gleichfalls", sagt Lena und lächelt über die seltsame Redeweise der Frau. Sie saust den Gang hinunter und schließt sich mit dem Ordner in der Toilette ein.

Hans Heims gesammelte Werke. Was sich darin findet, liest sich spannender als ein Thriller. Und am Rand stehen handschriftliche Notizen, mal mit roter und mal mit schwarzer Tinte. Ein paar Mal taucht rot das Wort *Schrott* auf, aber viel öfter steht da schwarz auf weiß: *Sehr gut! Genialer Einfall. Muss unbedingt in Folge sowieso verarbeitet werden …*

„Stinker!", flüstert Lena und meint Peter Wetzel. Hans Heim hat ihr also kein Märchen erzählt.

Sie klappt den Ordner zu und trägt den Beweis für Peter Wetzels Klauerei auf ihr Zimmer. Wie stellt sie es am klügsten an, dass der Chefgeschichtenerfinder als Ideendieb entlarvt und Hans Heim zu seinem Recht verholfen wird? Um Marvin muss sie sich ja ebenfalls kümmern. Wenn sie nur wüsste, wie und wo sie ihn erreichen könnte. Stress total. Sie versteckt den Ordner unter dem Bett und kehrt zurück in Peter Wetzels Büro.

Die Putzfrau hat ihre Arbeit beendet. Lena stöbert auf

dem Schreibtisch und im Aktenschrank und hat keine genaue Vorstellung, wonach sie sucht.

Plötzlich hört sie eine Männerstimme und gleich darauf ein fettes Lachen. Jetzt bleibt ihr keine andere Wahl. Sie muss sich im Aktenschrank verstecken und dabei arg krumm legen, damit sie in das mittlere Fach passt. Von innen zieht sie in allerletzter Sekunde die Tür zu.

„Alles läuft wie am Schnürchen“, tönt Peter Wetzel. „Dieser Marvin bringt keine Einschaltquote mehr. Endlich haben wir einen triftigen Grund und können ihn rausschmeißen. In seinem Vertrag steht klipp und klar, dass wir ein Kündigungsrecht haben, wenn seinetwegen die Quote sinkt. Dagegen kann auch sein Vater nicht anstinken.“

„Nö, kann er nicht“, sagt Manni Thaler und saugt an seiner Zigarre. „Endlich kann uns sein Vater nicht mehr erpressen. Der ist ja längst größenwahnsinnig geworden, bildet sich ein, sein Sohn wäre der Star der Serie. So ein Quatsch: Die Serie ist der Star.“

„Die wirklichen Stars jeder Soap sind und bleiben wir Schreiberlinge“, feixt Peter Wetzel. „Ich habe auch schon eine Idee, wie Marvin aus der Serie ausscheiden wird.“

„Lass mich raten“, sagt Manni Thaler. „Verkehrsunfall oder Krankheit.“

„Er stirbt demnächst an den Folgen einer Lungenentzündung, weil er nachts bei fünf Grad in einem See geplanscht hat.“

„Sehr gut“, meint Manni Thaler.

„Es kommt noch besser“, fährt Peter Wetzel fort. „Er badet im See, weil er vor der Neuen angeben will und …“

Voll der Krampf!

Lena muss das rechte Bein ausstrecken, weil es in der Wade mächtig krampft. Unglücklicherweise stößt sie dabei die Schranktür auf. Manni Thaler zuckt zusammen und lässt die Zigarre auf den Boden fallen. Peter Wetzel verschlägt es die Sprache.

„Guten Abend“, sagt Lena, weil ihr nichts Besseres einfällt. Sie hüpft aus dem Versteck und auf einem Bein durch das Büro, bis der Schmerz in der Wade nachlässt.

„Die Kleine“, sagt Manni Thaler.

„Die kleine Kröte“, sagt Peter Wetzel und wirft ihr einen Mörderblick zu. „Was hast du gesucht?“

„Nichts!“

Lena weiß, dass sie die falsche Antwort gegeben hat und schiebt eine ziemlich faule Ausrede nach. Sie sei einfach nur neugierig gewesen und habe die neuen Geschichten lesen wollen.

„Wer hat dich geschickt? Für wen arbeitest du? Wer steckt hinter der Schnüffelei? Ich rate dir, die Wahrheit zu sagen, sonst werde ich ungemütlich.“ Peter Wetzel fletscht die Zähne und droht mit dem Zeigefinger.

„Palimpalim“, sagt Lena.

„Mein Ordner!“, schreit Peter Wetzel plötzlich. „Die kleine Kröte hat meinen Ordner geklaut!“

„Welchen Ordner?“, will Manni Thaler wissen.

„Unwichtig“, sagt Peter Wetzel.

„Sehr wichtig“, entgegnet Lena. „Weil der Chefgeschichtenerfinder gar keine Geschichten erfindet. Er klaut die Ideen von anderen. Zum Beispiel von …“

„Halt die Klappe!“, zischt Peter Wetzel.

„Was meint die Kleine?“, hakt Manni Thaler nach.

„Nichts!“ Peter Wetzel reißt eine Packung Gummibärchen auf und schüttet den gesamten Inhalt in den Mund. Während er mampft, nutzt Lena die Gelegenheit und klärt Manni Thaler über den Inhalt des Ordners auf.

„Ideen von Hans Heim?“ Manni Thaler lacht nur. „Das hast du geträumt. Der Typ hat keine Ideen. Wir sind zusammen in die Schule gegangen. Hans Heim ist ein Möchtegernschreiber, mehr nicht.“

„Möchte wirklich wissen, von wem die kleine Kröte geschickt worden ist“, sagt Peter Wetzel und gewinnt wieder an Selbstsicherheit.

Lena sieht ein, dass sie auf verlorenem Posten steht und verabschiedet sich. Der Chefgeschichtenerfinder stellt sich ihr in den Weg.

„Wenn du ein falsches Spiel spielst, wirst du es bitter bereuen“, verspricht er.

Keine Frage, Peter Wetzel meint es ernst. Wie weit würde er gehen, um seine Haut zu retten? Sehr weit, fürchtet Lena und fühlt sich nicht mehr sicher in dem Gästezimmer, das man nicht einmal abschließen kann. Bei jedem

Geräusch schreckt sie hoch. Peter Wetzel wird alles versuchen, seinen Ordner zurückzubekommen. Um jeden Preis!

Sie wünscht sich zurück in ihre beschauliche kleine Welt im Fasanenweg. Sie vermisst ihre Eltern, Jenny, Frau Olewski, sogar die Schule …

„Schläfst du schon?“

Lena knipst das Licht an und erkennt Hans Heim, der an einer Lakritzstange lutscht. Er entschuldigt sich mehrmals für die späte Störung.

„In der Kantine geklaut?“

Hans Heim läuft rot an und verneint. „Hast du schon mit Peter Wetzel gesprochen?“

„Nein, aber …“ Lena holt den Ordner unter dem Bett hervor. „Peter Wetzel sitzt in der Falle!“

„Der ist aalglatt, der windet sich aus jeder Falle“, sagt Hans Heim mit traurigem Hundeblick.

„Jedenfalls weiß er, dass ich sein Erfolgsgeheimnis kenne“, sagt Lena.

„Oho.“ Hans Heim guckt noch eine Spur trauriger und steckt die nächste Lakritzstange zwischen die Zähne.

Voll die Ratlosigkeit!

Aber mit einem Hungerloch im Magen lässt es sich schlecht denken. Lena drängt es in die Kantine und zu einer warmen Mahlzeit. Den Ordner klemmt sie vorsichtshalber unter den Arm.

„Oho“, wiederholt Hans Heim nochmals.

Aus einem der Büros dringt ein aufdringliches, helles Lachen. Dann knallt ein Sektkorken und eine tiefe Männerstimme säuselt: „Schnuckelchen, mein süßes Schnuckelchen …"

„Oho." Hans Heim spitzt die Lippen und legt einen schnelleren Gang ein.

Lena kann ihre Neugierde nicht zügeln und überrascht Claudia Renke-Stöver und Dr. Lüders beim Knutschen.

„Entschuldigung, ich habe mich in der Tür geirrt", sagt Lena mit Unschuldsengelmiene.

„Ich … ich … ich habe … hatte einen Splitter im … im Auge", stammelt Claudia Renke-Stöver. „Der Herr Dr. Lüders war so freundlich und hat …"

„Süß, wirklich süß", ahmt Lena die Werbedame nach.

„Bist du nicht diese Palimpalim-Göre?", fragt Dr. Lüders.

„Schon möglich", sagt Lena.

Hans Heim versucht sie aus dem Büro zu bugsieren. Lena reißt sich los und übergibt dem Fernsehboss den Aktenordner.

„Was soll ich damit?"

„Lesen!"

Dr. Lüders sucht nach seiner Lesebrille und findet sie im Papierkorb. Er überfliegt ein paar Seiten und rafft nichts. Hans Heim schrumpft zu einem schwitzenden Trauerdenkmal.

„Peter Wetzel ist ein Betrüger!", sagt Lena.

„Vorsicht mit solchen Behauptungen“, wehrt Dr. Lüders ab.

Claudia Renke-Stöver schnappt sich den Ordner, versenkt sich lange darin und sagt dann: „Schau an, schau an, der feine Peter Wetzel …“

„Die Behauptung könnte also den Tatsachen entsprechen“, sagt Dr. Lüders und rückt seinen Krawattenknoten zurecht. „Und wer ist der unbekannte Ideenlieferant?“

Lena dreht sich langsam um und deutet auf Hans Heim. Aber der Trauerkloß hat inzwischen klammheimlich die Flucht ergriffen.

„Typisch Männer“, sagt Lena.

Voll die Überraschung!

Lena starrt die gelbweiße Raufaserdecke an und kramt in der Erinnerungskiste. Nach dem Motto *Was bisher geschah* versucht sie, ihre Erlebnisse einzuordnen und in die richtige Reihenfolge zu bringen. Aber sie kann ja nicht einmal mit Bestimmtheit sagen, wie lange sie sich schon in der Fernsehwelt aufhält. In welcher Wirklichkeit steckt sie gerade? Sicher ist nur, dass Marvin aus der Soap fliegen soll. Und sie hat es immer noch nicht geschafft, ihn zu warnen.

„Marvin“, flüstert sie zärtlich und hofft, dass sie bald wieder knutschen werden. Beim Gedanken daran fühlt sie sich auf einmal seifenblasenleicht.

Mit einer Rolle vorwärts verlässt sie das Bett und geht

unter die Dusche. Sie schlüpft in die Klamotten und freut sich auf den neuen Tag, egal in welcher Wirklichkeit sie ihn erleben wird und ...

„Guten Morgen."

Ist er es oder ist er es nicht? Hans Heim hat über Nacht eine Totalverwandlung durchgemacht. Er trägt einen schicken hellgrauen Anzug, darunter einen weinroten Rolli und schwarze, italienische Lackschuhe.

Umständlich wickelt er das Papier von dem herbstbunten Blumenstrauß, den er Lena mit einer leichten Verbeugung überreicht.

„Du bist der erste Mann, der mir Blumen schenkt", sagt Lena und riecht an den Astern. Ein Frühstück wäre ihr allerdings lieber gewesen.

„Ein kleines Dankeschön für deine Hilfe", sagt Hans Heim. „Dr. Lüders höchstpersönlich hat mich nämlich zum Chefautor ernannt. Peter Wetzel ist hochkant geflogen! Als er mit der Lakritzgeschichte ankam, hat Dr. Lüders nur lauthals gelacht und gemeint, Ideen zu klauen sei schlimmer als der Diebstahl von Lakritze."

Hans Heim legt das zerknüllte Papier auf dem Sessel ab und verspricht, für Lena die besten Storys der Welt zu erfinden.

„Und was ist mit Marvin?", fragt Lena. „Fliegt er oder fliegt er nicht?"

Hans Heim zuckt die Achseln und zeigt wieder sein bekanntes Trauerfallgesicht. Sein Handy klingelt. Geschäftig zieht er es aus der Innentasche seiner Jacke, meldet sich mit „Hans Heim, Chefautor“ und bewegt sich in Richtung Tür.

„Ciao, Lena.“

Sie legt die Blumen ins Waschbecken, frühstückt in der Kantine und läuft zum Aufnahmestudio. Ihre Gedanken fahren Achterbahn. Wie kann sie verhindern, dass Marvin rausgeworfen wird? Wenn wirklich 500 000 Zuschauer abschalten, weil sie ihn nicht mögen, bleiben ja immer noch Millionen, die ihn lieben. Logo, an die muss sie rankommen: Eine Unterschriftensammlung, Sitz- und Hungerstreik vor dem Sender oder …

„Hi! Mit wem redest du?“ Marvin strahlt, und Lena sieht viele Ich-hab-dich-ganz-doll-lieb-Sternchen in seinen Augen glitzern.

„Ich habe nur laut gedacht“, sagt Lena. „Wie geht’s dir?“

Ihm geht’s gut, denn er weiß ja noch nichts von seinem Pech. Er sei müde und in Eile, müsse zum Drehen, habe heute einen besonders anstrengenden Tag, weil er beinahe in jeder Szene mitspielen müsse. Man könne sich ja in der Mittagspause in der Kantine treffen und …

„Ich hab dich lieb!“ Die Worte sind Lena einfach so aus dem Mund gerutscht.

„Ich dich auch“, antwortet er mit einiger Verzögerung. Oder hat er gar nichts gesagt?

Lena könnte nicht beschwören, ob es tatsächlich seine Worte sind, denn sie sind kaum zu verstehen. Die Lippenbewegungen lassen jedenfalls vermuten, dass er gesagt hat, was Lena gerne hören möchte. Er bietet ihr einen Kaugummi an, den sie annimmt und in die Hosentasche steckt.

Warum sind Jungs manchmal so dröge und schüchtern? Braucht er eine Regieanweisung aus dem Drehbuch? Es ist doch eindeutig, was nun folgen muss.

„Ich hab dich ganz doll lieb!" Sie schließt schon mal kussbereit die Augen.

„Ich dich auch!"

Noch leiser und Marvin könnte in Zukunft Stummfilmseifenopern drehen. Lenas Kopf schießt vor, Nase gegen Nase, statt züngeln ein Eskimonäseln.

„Autsch!" Marvin reißt die Hände hoch.

Lena erklärt ihm, dass die Eskimos sich auf diese Weise küssen. Mit Lippen und Zunge sei das Knutschen aber viel, viel schöner.

„Ach so", sagt er.

„Ach ja", sagt sie.

Und weil ihnen beiden die Worte ausgehen und auch sonst nichts einfällt, küssen sie sich: vorsichtige Lippenstreichler, erst ohne, dann mit Zunge.

„Das darf ja nicht wahr sein!" Eine Frau mit grün gefärbten Haaren stemmt die Hände in die schmalen Hüften. „Seit einer Viertelstunde warten wir in der Maske auf dich. Der Dreh beginnt gleich. Peter Pillau steht kurz vor einem Nervenzusammenbruch. Du weißt doch, wie empfindlich unser Herr Regisseur ist. Und ich muss mal wieder alles ausbaden! Das ist nicht fair."

Marvin schnellt zurück, als habe er sich bei Lena einen elektrischen Schlag geholt und leckt sich die Lippen.

„Jetzt aber dalli!" Die Frau nimmt Marvin an der Hand. Er dreht sich nach wenigen Schritten um und wirft Lena noch einen Schmachtblick zu.

„Ciao, bello", ruft sie ihm hinterher.

Schade, dass die grünhaarige Tante dazwischenfunken musste, schade auch, dass Marvin sie nicht zum Drehen mitgenommen hat. Sie hätte zu gerne den kahlköpfigen Regisseur ein zweites Mal erlebt.

Voll die Vergesslichkeit!

Marvin weiß immer noch nichts von den üblen Machenschaften des Senders, weil sie vor lauter Knutschgier nicht daran gedacht hat, ihm davon zu erzählen. Sie rennt zum Wellblechbau und irrt von Studio zu Studio. Es begegnen ihr eine Menge Menschen, die alle sehr beschäftigt und wahnsinnig wichtig tun und Lena keine Beachtung schenken. Sie bewegt sich wie selbstverständlich durch das Studiolabyrinth.

Nun müsste sie nur noch wissen, in welchem der Aufnahmestudios Marvin gerade arbeitet. Über jeder Tür leuchtet rot das Eintritt-verboten-Schild.

Kurzerhand drückt sie eine x-beliebige Türklinke und gerät in die Küchenkulisse der Familie Kurz. Sie bleibt hinter der Stahltür stehen und hofft, dass sie diesmal von einem Niesanfall verschont bleibt. Gerade wird die Klappe geschlagen. Die üblichen Anweisungen schwirren durch den Raum.

Lena bitzelt es in der Nase. Verdammt, es wird doch nicht wieder losgehen. „Hatschi!“ – Ein leises Katzenniesen, das von der Polterstimme des Regisseurs übertönt wird: „Und Äktscheeen!“

Christina Kurz sitzt am Küchentisch, ihr gegenüber eine dunkelhaarige Frau, die mit zwei Fingern auf der Tastatur eines Laptops herumhackt.

„Was sagen die Sterne?“, fragt Mutter Kurz.

„Ich sehe düstere Wolken aufziehen. Stürmische Zeiten nahen“, antwortet die Frau.

„Ich wollte nicht den Wetterbericht hören“, sagt Frau Kurz.

„Hinter den düsteren Wolken verbirgt sich leider ein Unglück“, fährt die Wahrsagerin fort.

„In der letzten Zeit jagt ein Unglück das andere“, sagt Christina und schlägt die Hände über dem Kopf zusammen. „Was ist es diesmal? Krankheit, Tod? Betrifft es die Kinder oder meinen Mann oder mich?“

„Krankheit oder Tod kann ich ausschließen“, sagt die Wahrsagerin. „Das macht dann 75 Euro. Empfehlen Sie mich weiter.“

Sie klappt den Laptop zu. Frau Kurz reicht ihr das Geld.

„Gestorben!“, ruft der Regisseur. „Fertig machen für die nächste Szene.“

Die Visagistin stürzt in die Küche und korrigiert das Make-up von Christina Kurz. Lena wagt sich ein paar Schritte vor und hält Ausschau nach Marvin. Der hängt gelangweilt in einem Klappstuhl.

„Es geht weiter! Jeder auf seinen Platz!"

Marvin erhebt sich aus dem Stuhl und verzieht sich hinter die Kulisse.

Und schon hallt wieder das „Äktscheen" durchs Aufnahmestudio. Christina Kurz ist zunächst allein in der Küche und wäscht ab. Dabei führt sie ein kurzes Selbstgespräch: „Möchte wissen, was da für ein Unglück kommen wird? Und wann und wie und wo. Bisher ist alles eingetroffen, was die alte Hexe vorhergesagt hat."

„Wer hat einen Hexenschuss?" Marvin ist unbemerkt hereingekommen und greift nach einem Apfel in der Schale auf dem Tisch. Er wirft ihn in die Luft, fängt ihn auf und beißt krachend hinein.

„Gerade hatte ich einen Termin mit Edelgard Leidler", sagt seine Fernsehmutter.

„Und? Hat sie dir wieder Angst eingejagt? Wie kann man nur an so einen Blödsinn glauben?" Marvin schüttelt missbilligend den Kopf. „Wenn ich Geld für eine neue Jeans haben will, wird gemosert, aber für die Wahrsagerin ist immer Geld da. Was hat sie denn diesmal Schlaues geweissagt?"

„Wenn ich das wüsste …" Christina Kurz seufzt. „Düstere Wolken … ein Unglück …"

„Das könnte tatsächlich eintreffen", sagt Marvin und wirft die Hälfte des Apfels in den Abfalleimer.

„Wie meinst du das?" Frau Kurz mustert ihn mit einem Fragezeichenblick.

„Ich habe es gerade im Café erfahren", antwortet Marvin. „Die Umgehungsstraße ist angeblich genehmigt worden. Das wäre ein echtes Unglück für uns. Dann könnten wir nämlich die Tankstelle dichtmachen, weil niemand mehr bei uns tanken würde."

„Bis alles durch ist, können noch Jahre vergehen", sagt Christina Kurz. „Frau Leidler hat bestimmt etwas anderes gemeint, als sie von einem Unglück sprach. Ich spüre es deutlich …"

„Ach, alles Scharivari!", motzt Marvin.

„Scheiße!" Der kahlköpfige Regisseur tippelt in die Kulissenküche. „Der Text lautet *Ach, alles Larifari*!"

„Tut mir Leid", murmelt Marvin.

Peter Pillau ruft nach der „Maske". Sichtlich missvergnügt lässt Marvin die Prozedur über sich ergehen. Jemand legt einen Apfel in die Obstschale.

„Ab wann geht es weiter?", will die Serienmutter wissen.

„Natürlich ganz von vorn", sagt der Regisseur. „Alles auf Anfang …"

Marvin geht aus der Küche, Christina Kurz an die Spüle und spricht mit sich selbst: „Möchte wissen, was da für ein Unglück kommen wird? Und wann und wie und wo.

Bisher ist alles eingetroffen, was die alte Hexe vorhergesagt hat."

„Wer hat einen Hexenschuss?"

Alles klappt vorzüglich. Peter Pillau quatscht jedenfalls nicht dazwischen bis ..."

„Ach, alles Diridari!" Marvin hält sich die Hand vor den Mund und zieht die Schultern hoch.

„Scheiße!" Der Regisseur tritt gegen einen Stuhl. „Ist das denn so schwer? Aber das kommt davon, wenn man mit seinen Gedanken woanders ist. Hab da was läuten hören von wegen Freundin und so und kurz vor dem Drehbeginn noch rumknutschen, statt sich auf die Arbeit zu konzentrieren.

„Blödmann!", wispert Lena.

„Tut mir Leid, ich ..." Marvin zieht eine Ich-heule-gleich-los-Schnute.

„Mir auch", zischt Peter Pillau. „Noch mal von vorn."

Lenas Herz schlägt hart. Sie hat eine Stinkwut auf den pingeligen Kahlkopf und würde Marvin gerne in die Arme nehmen und trösten. Aber erst einmal drückt sie ihm beide Daumen, damit er es nicht wieder vermasselt.

„... ich spüre es ...", beendet Christina Kurz ihren Text.

„Ach, alles Lirumlarum!"

Man könnte das Gras wachsen hören, wenn in dem Studio Gras wachsen würde.

„Scheiße!" Dann folgen Flüche, die Lena niemals vorher gehört oder gelesen hat. Der Tobsuchtsanfall des Regisseurs treibt Marvin die Tränen in die Augen und Lena aus der Reserve. Mit einem Satz ist sie bei ihm.

„Der Typ ist doch total palimpalim", schreit sie so laut sie nur kann. Sie erreicht damit zwar nicht die Man-könnte-das-Gras-wachsen-hören-Stille, aber immerhin Aufmerksamkeit. Zahllose Augenpaare begaffen sie. Als ob sie bei den Marsmenschen gelandet wäre, die nun das Erdenmädchen bestaunen.

„Das ist doch die Kleine, die kürzlich in die Serie eingebrochen ist", sagt Christina Kurz.

Marvin schmiegt sich an Lena. Er schnieft noch ein paar Mal, schnäuzt sich die Nase und kann dann wieder lachen.

„Bin ich in einem Irrenhaus gelandet?", fragt Peter Pillau sich und die Umstehenden und erhält keine Antwort.

„Alles wird gut", sagt Lena grinsend.

„Zehn Minuten Pause", ruft der Regisseur.

„Nein!", brüllt Lena.

„Nein?" Peter Pillau streicht über die Glatze. „Was heißt hier ‚Nein', noch habe ich hier das Sagen!"

„Logo", sagt Lena. „Aber vorher …" Sie schielt zu Marvin. „Aber vorher sollen alle wissen, dass Marvin demnächst aus der Serie gekegelt werden soll!"

„Du spinnst ja", entfährt es Marvin.

„Davon weiß ich nichts", sagt der Regisseur.

„Aber ich weiß es, weil ich die nächsten Geschichten kenne und …"

Bevor Lena den Satz beenden kann, platzt Marvins Vater herein. Sein hochroter Kopf passt zu seiner roten Lederweste.

„Schweinerei", schreit er.

Voll die Durchgeknallten!"

Marvins Vater kann ebenso gut fluchen wie der Regisseur und ebenso laut. Leider versteht niemand, worüber er sich eigentlich aufregt. Dabei hängen ihm alle an den Lippen, aber einzig das Wort „Schweinerei" ist klar und deutlich zu verstehen.

„Ruhe! Ich will jetzt sofort und auf der Stelle wissen, was hier abgeht." Peter Pillau stemmt einen Stuhl in die Luft und lässt ihn wieder sinken.

„Schweinerei!" Es scheint das Lieblingswort von Marvins Papa zu sein. Endlich lässt er durchblicken, was ihn in Rage gebracht hat. Er habe einen Anruf vom Sender bekommen. Dr. Lüders habe ihm Marvins Kündigung mitgeteilt ...

„Schweinerei!"

„Damit habe ich nichts zu tun", kreischt Peter Pillau. „Und ich will auch nichts damit zu haben. Ich will hier nur in Ruhe meine Arbeit erledigen. Ich habe einen Drehplan zu erfüllen. Wer hier nichts zu tun hat, verschwindet auf der Stelle, sonst ..." Er lässt offen, was sonst passieren könnte und langt wieder nach dem Stuhl.

„Ey, was geht denn ab?" Plötzlich taucht auch noch Natalie auf, gefolgt von Bastian und dem Serienvater Max.

„Schweinerei! Die wollen Marvin …“

„Ruhe!“

„Echt wahr?“ Bastian wendet sich direkt an Marvin, der noch kein einziges Wort gesagt hat.

„Wir müssen etwas unternehmen“, sagt Lena.

„Genau! Die Schweinerei lassen wir denen nicht durchgehen“, sagt Marvins Vater.

„Ruhe!“, brüllt der Regisseur und bekommt einen Weinkrampf.

Eine Frau zückt ein Handy und telefoniert. Kurz darauf bevölkert sich das Studio mit Hans Heim, Ulla Ginsberg und Claudia Renke-Stöver.

„Ich will doch nur in Ruhe arbeiten!“, fleht Peter Pillau.

„Schweinerei!“

„So geht das gar nicht“, sagt Ulla Ginsberg, verrät aber nicht, wie es gehen könnte.

„Streiken!“, sagt Lena im Flüsterton.

„Ich will nicht geigen“, feixt Bastian.

„Streiken!“, wiederholt Lena.

Marvins Vater wirft ihr eine Kusshand, Ulla Ginsberg einen Ich-könnte-dir-den-Hals-umdrehen-Blick zu.

Voll das Ende!

„Spinne ich oder ist hier der Fernsehwahnsinn ausgebrochen?“, fragt Ulla Ginsberg.

„Gut, dass du gekommen bist“, stöhnt der Regisseur. „Ich protestiere! Ich werde an meiner Arbeit gehindert. Das lasse ich mir nicht bieten. Wer bin ich denn?“

„Schweinerei!“

„Streik!“

„Ruhe!“

„Süß, die Kleine“, sagt Claudia Renke-Stöver.

„Es wird sich alles klären“, sagt der neue Chefgeschichtenerfinder Hans Heim mit Trauermiene.

„Beim Fernsehen wird nicht gestreikt“, braust Ulla Ginsberg auf. „Und bei einer Soap erst recht nicht. Wenn keine neuen Folgen gedreht werden, kann nichts gesendet werden. Wenn nichts gesendet werden kann, können wir auch keine Werbung zeigen. Wenn wir keine Werbung zeigen können, verdienen wir alle kein Geld. Und wenn wir kein Geld haben, können wir uns auch nichts von den schönen Dingen kaufen, die in der Werbung gezeigt werden. Geht das in eure Köpfe rein? Und habt ihr auch einmal an die Zuschauer gedacht? Wenn wir ihnen nichts liefern können, haben sie auch nichts zum Zuschauen, sind also keine Zuschauer mehr. Und weil wir dann ja auch keine Werbung mehr zeigen können, wissen sie nicht einmal, was sie kaufen sollen ..."

„Bravo!" Peter Pillau klatscht in die Hände. „Schöner und treffender hätte ich es auch nicht ausdrücken können. Deshalb verschwinden jetzt alle, die nichts beim Drehen zu suchen haben!"

Hans Heim lächelt zufrieden und wirft dem Regisseur einen anerkennenden Blick zu.

„Schweinerei!" Diesmal gebraucht Lena das Wort. Sie findet es oberfies, was hier abgeht.

„Du hältst endlich die Klappe!", zischt Ulla Ginsberg.

„Ich rede, wann es mir passt", bellt Lena. „Wenn Marvin fliegt, dann wird gestreikt!"

„Wer behauptet denn, dass er fliegt?", fragt Hans Heim in die Runde. „Ich als neuer Chefautor werde ..."

„Wir müssen uns dem Willen der Zuschauer unterwerfen", unterbricht Claudia Renke-Stöver barsch den Chefgeschichtenausdenker.

„Selbstverständlich", beeilt er sich zu sagen. „Der Wille des Publikums ist das oberste Gebot."

Lena findet, dass das Palaver endlich ein Ende haben muss und schlägt vor, über den Streik abzustimmen: „Wer dafür ist, der soll die Hand heben."

Bastians rechte Hand schießt in die Höhe. Er bleibt vorerst der einzige Streikbefürworter.

„Wer gibt dir eigentlich das Recht, das große Wort zu führen?“, fährt Ulla Ginsberg Lena an. „Du bist nur eine unbedeutende Serieneinbrecherin, ein kleines Licht, das wir jederzeit ausblasen können. Du hast nichts zu melden, absolut nichts!“

„Das ist wahr“, sagt Claudia Renke-Stöver. „Die Kleine ist zwar süß, aber durchaus ersetzbar durch eine andere Süße. Jeden Tag bewerben sich zahllose Süße bei uns. Alle wollen sie ins Fernsehen. Wir haben die freie Wahl.“

Hans Heim nickt unterwürfig. Lena bereut es längst, dass sie diesem schleimigen Lakritzklauer geholfen hat. Das ganze Soap-Theater nervt nur noch.

„Die Kleine interessiert im Augenblick nicht“, meldet sich auf einmal Christina Kurz zu Wort. „Ich will jetzt wissen, was aus Marvin wird.“

„Ich bin nicht die Kleine!“

„Er fliegt!“, antwortet Ulla Ginsberg blitzschnell.

„Schweinerei!“, zischt Marvins Vater.

„Okay, dann bin ich auch für Streik“, sagt Christina Kurz und baut sich angriffslustig vor der Produzentin auf.

Sofort tritt Hans Heim dazwischen.

„Streik“, johlt Bastian.

„Von mir aus“, brummt Natalie.

Nur der Serienpapa hat anscheinend keine Meinung und bohrt gelangweilt in der Nase.

„Dann fliegt ihr alle“, droht Ulla Ginsberg. „Wir lassen uns nicht auf der Nase herumtanzen. Ihr seid alle ersetzbar.“

Papa Kurz zieht den Finger aus der Nase und verschränkt die Hände im Nacken. „Das ist doch normal, dass alte Gesichter irgendwann aus einer Serie verschwinden und neue dazukommen“, sagt er.

Oh, er kann tatsächlich sprechen. Lena würde gerne ein paar Sätze von Marvin hören, aber der spielt den Stummfisch, als ginge es nicht um ihn und seine Zukunft.

Der Serienvater redet in seiner ruhigen Art weiter. Man habe als Schauspieler Verantwortung gegenüber dem Publikum. Man müsse, man dürfe nicht …

Er schafft es, den anderen den Streikgedanken auszutreiben. Hans Heim schüttelt ihm überschwänglich die Hand. Ulla Ginsberg klopft dem Regisseur auf die Schulter. Claudia Renke-Stöver findet wieder alles und alle süß und stakst aus dem Studio.

„Mein Sohn kann locker bei einer anderen Serie unterkommen“, sagt Marvins Vater trotzig.

„Sicher kann er das“, sagt Peter Pillau und fügt eine Gehässigkeit hinzu. „Aber vorher sollte er die eine oder andere Stunde Schauspielunterricht nehmen.“

„Scheiße …!“ Marvin erwacht aus seinem Geht-mich-nichts-an-Tiefschlaf.

Lena versetzt ihm einen Mutmacherstups in die Rippen und rechnet damit, dass er sich endlich zur Wehr setzt.

Besser spät als nie. Sie gibt ihm noch einen sanften Rippenstupser.

„Glaubt ihr etwa, ich wäre sauer, wenn ich nicht mehr mitspielen darf?“, fragt Marvin und lacht.

Voll die Lüge!

Lena hätte an seiner Stelle wahrscheinlich etwas Ähnliches abgesondert. Wer gibt schon gerne zu, dass es ihm etwas ausmacht, wenn er plötzlich nicht mehr gebraucht wird? Sie legt ihre Hand in seine und beginnt ein zärtliches Fingerspiel, das ihm zeigen soll, dass sie ihn versteht und voll auf seiner Seite steht.

„Können wir nun endlich die Szene zu Ende bringen?“ Der Regisseur tippelt nervös hin und her.

„Moment noch“, sagt Marvin und wirkt auf einmal sehr ernst. „Ich bin sogar unheimlich froh, dass ich endlich aussteigen darf. Es macht mir schon lange keinen Spaß mehr, jeden Text zu lernen und von morgens bis abends eine Folge nach der anderen zu drehen.“

„Marvin, du redest dich um Kopf und Kragen“, wirft sein Vater ein.

„Wenn schon“, brummt er. „Ich möchte später mal viel lieber etwas mit Computern machen und so. Manchmal weiß ich schon gar nicht mehr, welcher Marvin ich gerade bin, der aus der Soap oder der aus dem wirklichen Leben. Einfach ätzend!“

Lena kann es ihm gut nachfühlen und wünscht sich zurück in ihr richtiges Leben.

„Aber es ist doch geil, berühmt zu sein“, sagt Natalie. „Und Kohle gibt es ja auch reichlich dafür.“

„Kann sein“, sagt Marvin. Er küsst Lena auf die Wange. „Okay, es kann gedreht werden.“ Mit hängenden Schultern schlappt er hinter die Küchenkulisse.

„Ich drück dir die Daumen“, sagt Lena. „Und nicht vergessen: alles Larifari!“

Hans Heim und Ulla Ginsberg verlassen das Studio. Lena folgt ihnen.

„Ich habe es mir überlegt“, sagt sie draußen. „Ich mag doch kein Waisenkind sein.“

Ulla Ginsberg mustert sie von oben bis unten und meint, es sei vielleicht besser so.

„Besser so …“, echot Hans Heim.

„Könnt ihr mir sagen, wie ich zurückkomme in meine stinknormale Wirklichkeit?“, fragt Lena.

Ulla Ginsberg und Hans Heim gucken sich amüsiert an.

„Einmal Soap, für immer Soap“, sagt Ulla Ginsberg.

„So ist es“, jubelt Hans Heim. „Das ganze Leben ist doch eine einzige Seifenoper.“

Für die beiden gibt es offenbar kein Leben außerhalb der täglichen Seifenwelt. Für immer Soap? Nein, danke!

„Ciao“, sagt Lena und lässt die beiden stehen.

In der Kantine stärkt sie sich mit Cola und belegten Brötchen, vertilgt anschließend einen Schokoladenpudding und freut sich, als Marvin auftaucht.

„Hat alles geklappt?“, fragt sie.

„Alles Larifari“, sagt er. Ein kleines trauriges Lächeln hat sich in seinen Grübchen eingenistet. „Kommst du mit?“

Lena muss nicht lange nachdenken. Hand in Hand schlendern sie über das weitläufige Gelände des Senders, erreichen eine Grünanlage, umkreisen einen Springbrunnen und setzen sich auf eine Bank. Die Sonne streichelt die Gesichter der beiden, die mit den Händen zärteln und sich selbst genug sind.

„Schön, dass es dich gibt“, sagt Lena.

„Finde ich auch“, antwortet er und spuckt seinen Kaugummi im hohen Bogen auf den Rasen. „Ich meine natürlich, schön, dass es dich auch gibt.“

„Bist du traurig?“

„Weiß nicht … ein bisschen.“ Endlich nimmt er sie in den Arm und dreht sein Gesicht zu ihr. Sie küssen sich, näseln und züngeln. Plötzlich zieht er den Kopf zurück und sagt: „Abschied ist immer megadoof, aber …“

„Aber was?“

„Auf einer Postkarte habe ich mal einen Spruch gelesen“, sagt er. „Wenn sich eine Tür schließt, dann öffnet sich dafür eine andere.“

„Verstehe“, sagt Lena, obwohl sie sich nicht ganz sicher ist, ob sie es wirklich versteht. Wahrscheinlich meint er, dass die Soap-Tür bald hinter ihm zuschlägt und …

„Hast du was gesagt?“

Lena schreckt aus ihren Gedanken und blickt in Jennys fragende Augen.

„Nö, nur laut gedacht“, sagt Lena und spürt einen Pfefferminzgeschmack auf der Zunge. Dabei hat sie heute noch gar keinen Kaugummi gekaut. Die Oberlippe brennt ein wenig, ein angenehmes Brennen.

„Letztens, die Folge von *Kurz&Gut*, das war merkwürdig“, sagt Jenny.

„Was soll daran merkwürdig gewesen sein?“

„Flutsch und plötzlich war nach ein paar Minuten alles schwarz. Man hat doch nur noch Stimmen gehört. Und eine Stimme klang so ähnlich wie deine.“

„Du spinnst ja.“ Lena lächelt in sich hinein.

Jenny holt ihr Handy aus dem Rucksack und strahlt. Jonas hat eine SMS geschickt.

„Er ist ja sooooo süß“, sagt sie und tippt eine Antwort. „Wir treffen uns in einer halben Stunde in der Eisdiele. Kannst ja mitkommen.“

Lena lehnt dankend ab und verabschiedet sich von der Freundin. Ohne Eile spaziert sie in Richtung Fasanenweg und trifft unterwegs auf Frau Olewski. Sie wechselt ein paar Worte mit der Klavierlehrerin, die über eine Erkältung klagt. Lena wünscht gute Besserung.

Zu Hause erwartet sie ihre Mutter mit Karottengemüse und Bratwurst. Luise Liebermann will wissen, wie es in der Schule gewesen ist.

„Gut“, antwortet Lena.

„Denkst du dran, dass du um 15 Uhr zum Ballettunterricht musst?“

Lena schüttelt den Kopf.

„Was soll das heißen?“

„Soll heißen, dass ich nicht daran denke.“

„Bist du noch ganz klar im Kopf?“

„Bin ich!“ Dann zählt Lena auf, wie sie sich in Zukunft die Terminplanung vorstellt: Einmal in der Woche Klavierunterricht, an zwei Nachmittagen Schwimmen, die Theater-AG kann auch bleiben, aber die Ballettschule wird gestrichen, ebenso die Musikschule.

Luise Liebermann ist erst einmal sprachlos. Dann sagt sie nur: „Darüber müssen wir noch einmal in Ruhe reden.“

„Wenn sich eine Tür öffnet, dann schließt sich eine andere“, sagt Lena.

„Meine Tochter liest André Gide.“ Frau Liebermann lächelt. „Allerdings hast du etwas verwechselt, genau heißt es: *„Es ist ein Gesetz im Leben, wenn sich eine Tür schließt, öffnet sich dafür eine andere.* Aber so oder so, ich verstehe nicht, was du mir damit sagen willst.“

„Ich auch nicht“, brummt Lena und stellt ihren Teller in die Spüle. Sie wünscht ihrer Mutter noch einen wolkenfederleichten Resttag und wirft ihren Computer an.

Voll die Verblüffung!

Die Mail in ihrem elektronischen Postkasten haut sie fast vom Stuhl: *Hi! Ich fand es total nett mit dir und würde mich freuen, wenn du dich mal melden würdest, cu Marvin.*

Irgendwie total palimpalim!